Shannon Gilligan

1000 Ge
Im Wald de

↘1000 Gefahren **↘1000 Gefahren**
            ↘1000 Gefahren

WARNUNG!

Dieses Buch ist nicht wie andere Bücher, die du bisher gelesen hast. Du bist nämlich die Hauptfigur und entscheidest, was als Nächstes geschieht. In diesem Buch stecken viele verschiedene Geschichten, sodass du es immer wieder lesen kannst und es trotzdem jedes Mal anders ausgeht.
Doch Vorsicht: In diesem Buch stecken auch zwei verschiedene Bände der Reihe „1000 Gefahren". Die Bände sind unabhängig voneinander durchnummeriert, sodass es jede Seitenzahl zweimal gibt. Darauf solltest du achten, wenn du eine Entscheidung getroffen hast und zu der angegebenen Seite blätterst.

Und jetzt viel Spaß mit „Im Wald der Geister"!

3. Lesestufe

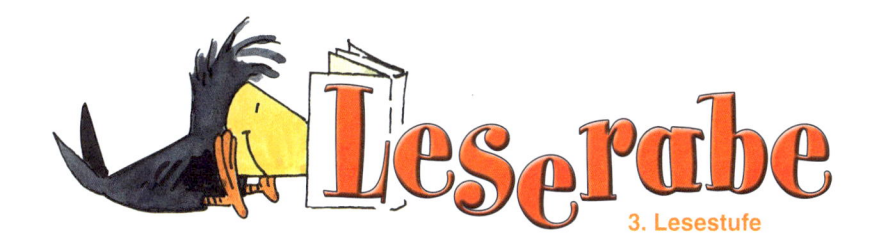

Shannon Gilligan/Susan Saunders

1000 Gefahren
Im Wald der Geister

Mit Illustrationen von Thomas Thiemeyer

Ravensburger Buchverlag

Bibliografische Information der Deutschen Nationalbibliothek:

Die Deutsche Nationalbibliothek verzeichnet diese Publikation
in der Deutschen Nationalbibliografie.
Detaillierte bibliografische Daten sind im Internet
über http://dnb.d-nb.de abrufbar.

1 2 3 4   13 12 11 10

Ravensburger Leserabe
© 2010 der Sonderausgabe
Ravensburger Buchverlag Otto Maier GmbH
Die Sonderausgabe enthält die Bände „Im Wald der Geister"
von Shannon Gilligan und „Spuk in der Halloween-Nacht"
von Susan Saunders mit Illustrationen von Thomas Thiemeyer.

© 2002 der deutschen Erstausgabe von „Im Wald der Geister"
Ravensburger Buchverlag Otto Maier GmbH
Die Originalausgabe erschien 1985 bei Bantam Books
unter dem Titel „Fairy Kidnap"
CHOOSE YOUR OWN ADVENTURE Bd. 29
© 2002 der deutschen Erstausgabe von „Spuk in der Halloween-Nacht"
Ravensburger Buchverlag Otto Maier GmbH
Die Originalausgabe erschien 1986 bei Bantam Books
unter dem Titel „Haunted Halloween Party"
CHOOSE YOUR OWN ADVENTURE Bd. 37
Published by Arrangement with Edward B. Packard, jr.

Dieses Werk wurde vermittelt durch die Literarische Agentur
Thomas Schlück GmbH, 30827 Garbsen

Umschlagillustration: Jan Birck
Umschlagkonzeption: Sabine Reddig
Aus dem Amerikanischen von Simone Wiemken

Printed in Germany
ISBN 978-3-473-36235-6

www.ravensburger.de
www.leserabe.de

Shannon Gilligan
Im Wald der Geister

Susan Saunders
Spuk in der Halloween-Nacht

Shannon Gilligan

Im Wald der Geister

Mit Bildern von Thomas Thiemeyer

LIES DIES ZUERST!

In den meisten Büchern wird von anderen Leuten erzählt, aber dieses Buch handelt von dir – und der entführten Elfenprinzessin Luna.
Lies dieses Buch nicht von der ersten bis zur letzten Seite, sondern fang auf der ersten Seite an und lies weiter, bis du zum ersten Mal wählen kannst. Entscheide, was du tun willst, lies dann auf der angegebenen Seite weiter und sieh zu, was passiert. Wenn du eine Geschichte ausgelesen hast, geh zurück zum Anfang und wähle eine andere Geschichte.
Jede Wahlmöglichkeit entführt dich in ein neues aufregendes Abenteuer.

Kannst du Prinzessin Luna retten?
Du musst einiges riskieren!
Viel Glück!

Der Wald der Geister

Finstern-
wald

Zauberwald

Menschendorf

In Irland gibt es viele verschiedene Elfenfamilien. Manche von ihnen sind gut, andere böse. Du gehörst dem Shanigan-Klan an und in deiner Familie gibt es *nur* gute Elfen.
Der Wald, in dem du lebst, wird der Zauberwald genannt, er liegt tief verborgen im großen Wald der Geister. Dein Dorf besteht aus vielen kleinen Erdhügeln. Der Hügel in der Mitte ist der größte. Kein Wunder, denn es ist der Palast des Elfenkönigs. Dort wohnt der König mit seiner Frau, der Königin, und ihrer gemeinsamen Tochter, der reizenden Prinzessin Luna.
Die guten Shanigan-Elfen leben friedlich und harmonisch miteinander und das Leben im Dorf ist daher sehr ruhig …
Doch eines Nachmittags klopft jemand ungewöhnlich laut an deiner Tür. Dein Cousin Tamura stürmt völlig außer Atem herein und schreit: „Prinzessin Luna ist entführt worden! Komm schnell! Der König hat uns alle in den Ratssaal gerufen!"

⮕ **Lies weiter auf Seite 9**

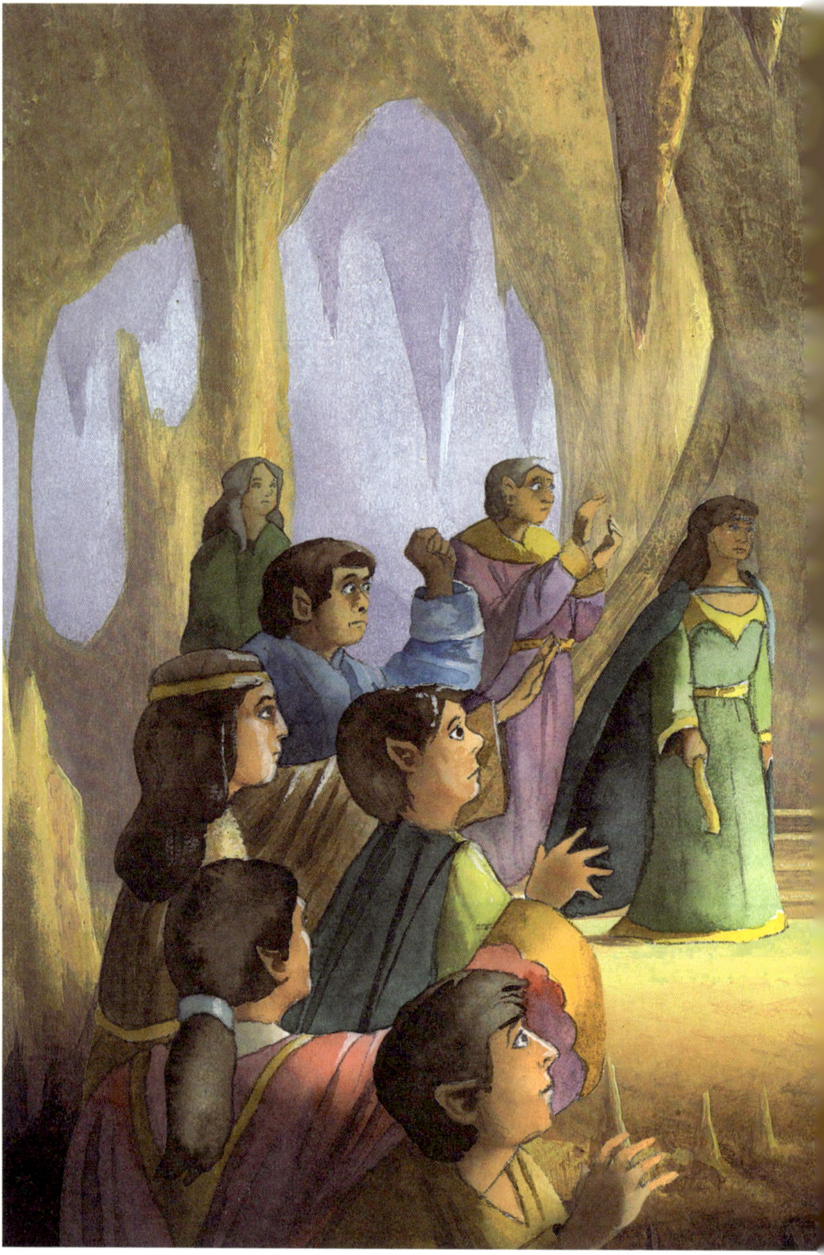

Du folgst Tamura durch die unterirdischen Tunnel in den Palast. Als ihr den Ratssaal betretet, fängt der König gerade an zu sprechen. „Wie ihr alle inzwischen wisst", sagt er, „ist etwas Schreckliches passiert. Mein einziges Kind, Prinzessin Luna, wurde entführt, als sie am Fluss spazieren ging. Wer im großen Wald der Geister würde etwas so Gemeines tun, wenn nicht unsere Feinde, die Tuatas? Ich fürchte, wir werden in den Krieg ziehen müssen."

➲ **Lies weiter auf Seite 13**

„Ein Mopp geht genauso gut", sagt die Prinzessin lachend. Sie ergreift den Stiel mit beiden Händen und singt:

*„Wir müssen hier fort,
und zwar möglichst bald,
lass uns fliegen von diesem Ort,
zurück in unseren Zauberwald."*

Der Mopp löst sich vom Boden und die Prinzessin springt auf. „Beeilt euch. Der Zauber wird nicht lange wirken!", sagt sie zu euch.
Auf einem Mopp zu sitzen, ist nicht ganz leicht, aber schließlich schafft ihr es hinaufzuklettern. Die Prinzessin öffnet die Tür der Besenkammer und richtet den Mopp nach unten auf das Eingangstor zu. Ihr fliegt über die Köpfe einiger Wächter hinweg. Sie schreien fassungslos: „Seht doch! Es ist die Prinzessin! Haltet sie auf!"

◉ Lies weiter auf Seite 22

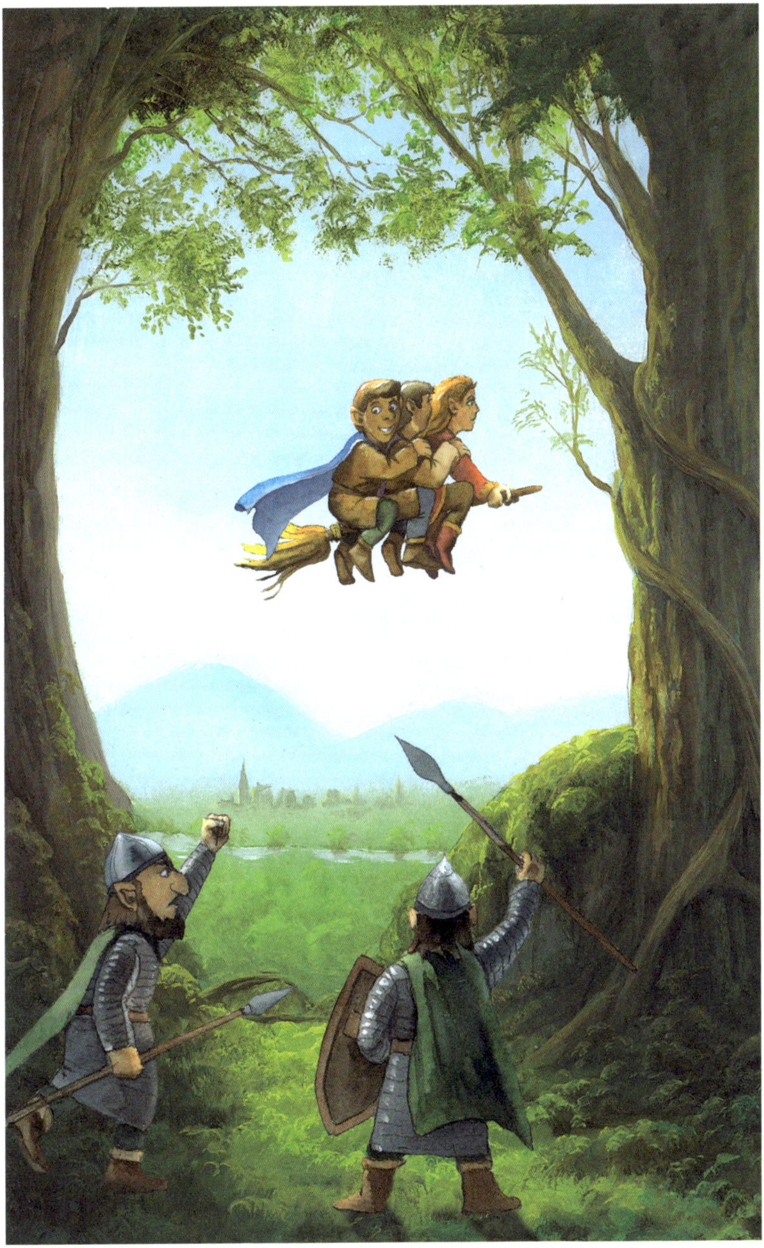

So schnell du kannst, rennst du in die Burg der Tuatas. Tamura ist dicht hinter dir.
Ihr rennt durch einen langen, leeren Gang. Plötzlich verzweigt er sich. Nun müsst ihr euch entscheiden: Entweder ihr biegt nach links ab oder nach rechts.
Tamura fragt dich: „Welchen Weg sollen wir nehmen?"
Die Gänge sehen vollkommen gleich aus.
Wie wirst du dich entscheiden?

- **Wenn du rechts abbiegen willst, lies weiter auf Seite 32**
- **Wenn du links abbiegen willst, lies weiter auf Seite 38**

Runat, ein weiser alter Elf, meldet sich zu Wort. „Eure Hoheit, seid Ihr sicher, dass es die Tuatas waren? Nahe am Fluss ist auch ein Menschendorf. Vielleicht halten die Menschen die Prinzessin gefangen."

„Da könntest du Recht haben, weiser Runat", sagt der König. „Wir werden uns also in zwei Gruppen aufteilen. Eine wird zum Menschendorf gehen. Die andere wird den Fluss überqueren und in der Burg der Tuatas nach der Prinzessin suchen."

- **Wenn du dich der Gruppe anschließen willst, die ins Menschendorf geht, lies weiter auf Seite 23**
- **Wenn du dich der Gruppe anschließen willst, die zur Burg der Tuatas geht, lies weiter auf Seite 18**

Alles ist sehr still. Plötzlich ertönt auf der anderen Seite der Burg ein lautes Krachen. Die Tuata-Wächter rennen sofort los, um nachzusehen, was passiert ist. Das Tor ist frei!
Der König hatte euch befohlen zu bleiben, wo ihr seid. Aber wer weiß, wie lange die Wächter fortbleiben werden? Dies ist vielleicht eure einzige Chance, in die Burg zu kommen.

- **Wenn ihr in die Burg eilen wollt, lies weiter auf Seite 12**
- **Wenn ihr bleiben wollt, wo ihr seid, lies weiter auf Seite 28**

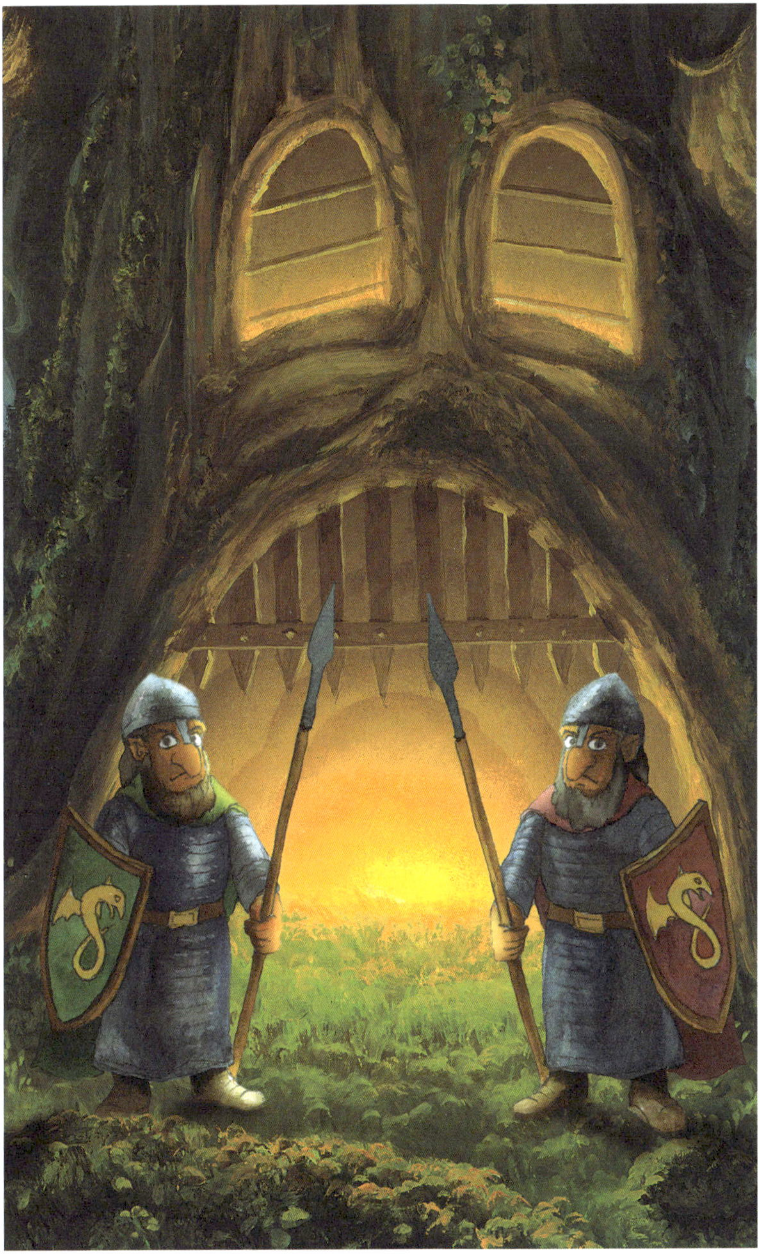

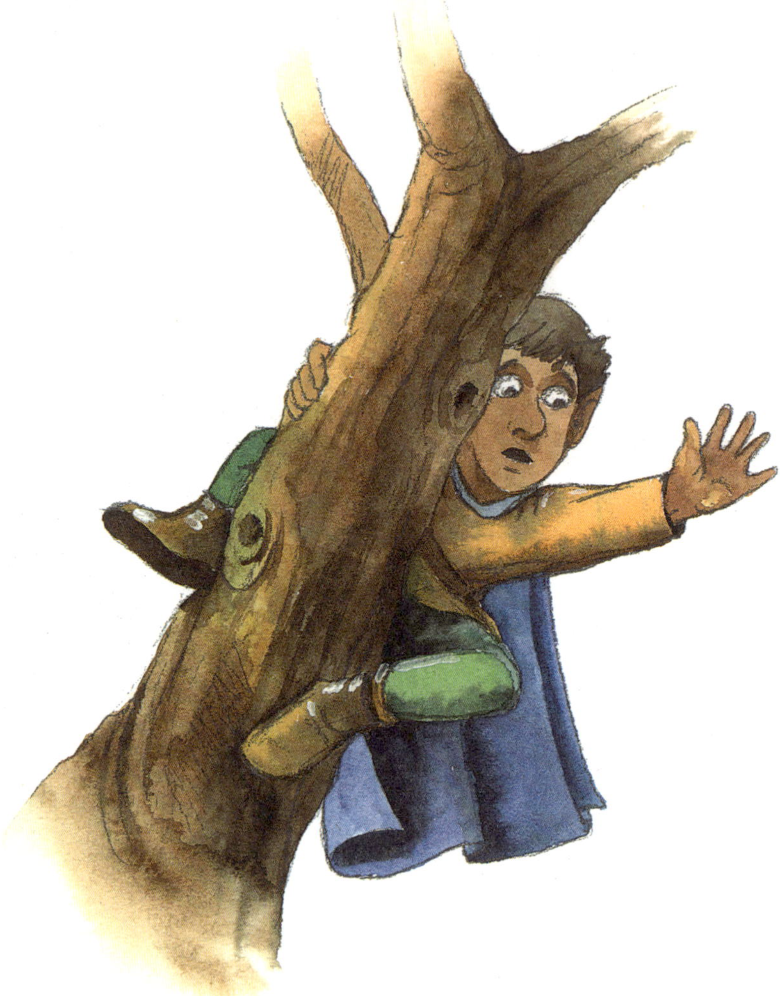

„Tamura! Tamura!", schreist du und kletterst hastig vom Baum. „Die Menschen haben Oswaldo. Sie kneifen und ärgern ihn. Wir müssen ihn retten!"

Tamura schreit zurück: „Wo ist seine Mütze?"

„Er muss sie verloren haben. Drei von den Menschenjungen spielen damit", berichtest du, als du am Boden ankommst.

Tamura fasst sich erschreckt an seinen Schopf und sagt: „Wir können versuchen, den Menschenjungen Oswaldos Mütze wegzunehmen und sie ihm wiederzugeben, aber das wird nicht einfach sein. Wir können aber auch zum Palast zurückgehen und eine neue Mütze für Oswaldo holen. Was meinst du?"

- **Wenn du zum Palast zurückgehen willst, lies weiter auf Seite 30**
- **Wenn du bleiben und Oswaldo helfen willst seine Mütze zurückzubekommen, lies weiter auf Seite 35**

Die Burg der Tuatas ist ein riesiger hohler Baumstamm im dunkelsten Teil des Finsterwaldes. Obwohl es noch Tag ist, braucht ihr Taschenlampen, um euch zurechtzufinden. Der König begleitet deine Gruppe. Als ihr die Lichtung rund um die Burg erreicht, befiehlt er: „Verteilt euch und wartet auf weitere Anweisungen." Mit deinem Cousin Tamura gehst du hinter einem moosbewachsenen Stein, der direkt vor dem Eingang zur Burg liegt, in Deckung. Das Tor ist der einzige Zugang zur Burg und es ist gut bewacht. Einer der Tuata-Wächter späht in die Dunkelheit. Vor lauter Angst bekommst du ganz weiche Knie. Die Augen des Tuatas sind genau auf dich gerichtet!

➦ **Lies weiter auf Seite 14**

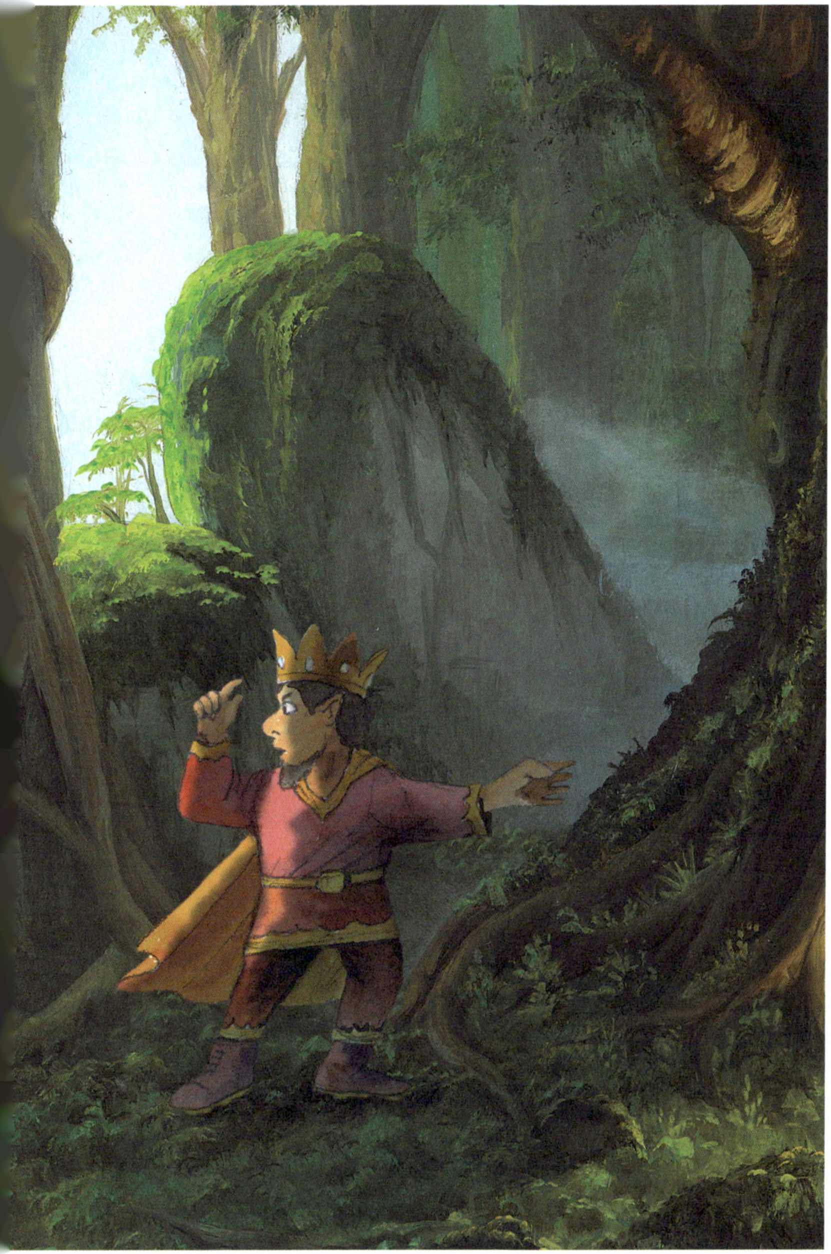

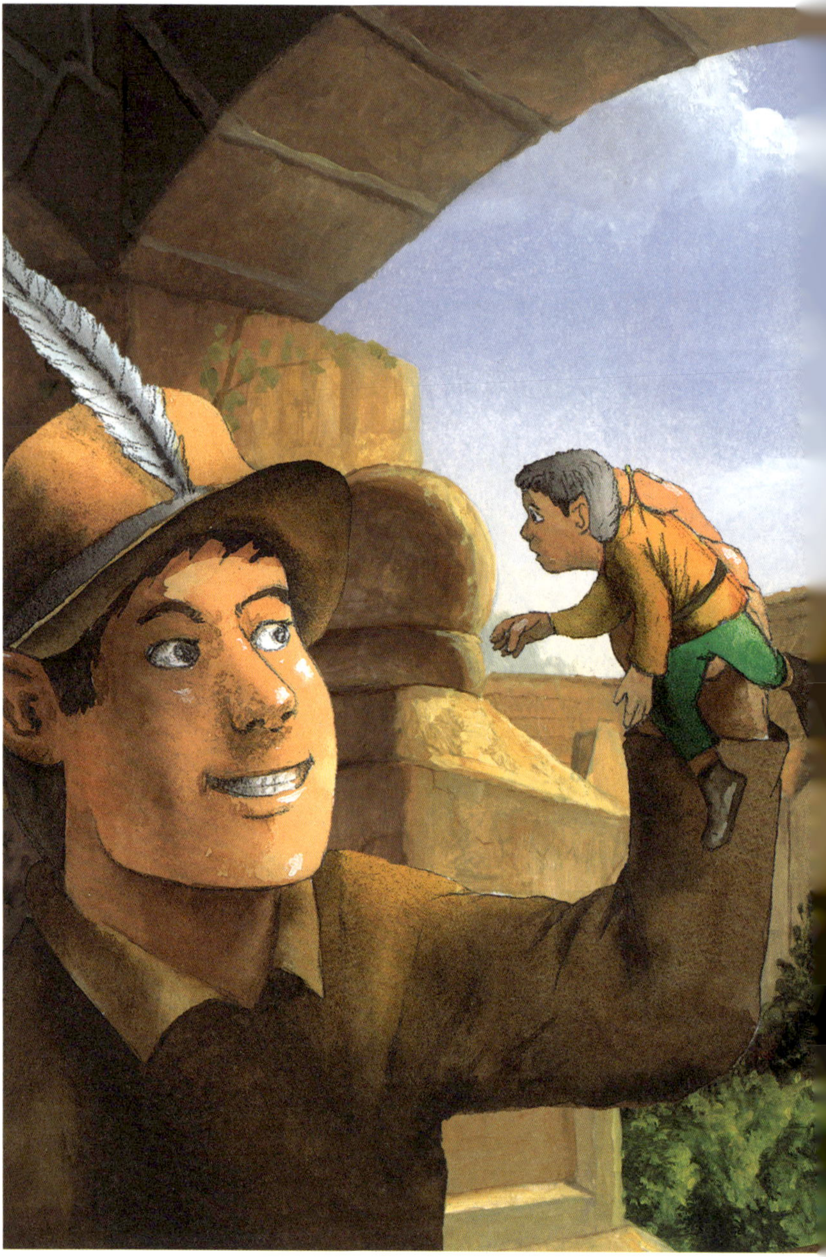

Du wirfst dich auf Oswaldos Mütze, doch ein menschlicher Fuß stellt sich dir in den Weg. Du stolperst, und – oh Schreck! – auch deine Mütze fällt herunter.

„Was haben wir denn da?", dröhnt eine menschliche Stimme hoch über dir. Eine Hand umschließt dich. Ein anderer Mensch beugt sich über Tamura und sagt: „Seht doch! Hier ist noch einer!"

Oh nein! Jetzt haben die Menschen nicht nur einen Gefangenen, sondern drei! Ihr seid verloren!

ENDE

Aber die Wächter sind machtlos. Die Tuatas konnten nämlich noch nie gut fliegen.
Und ihr seid so hoch über ihren Köpfen, dass ihre Speere euch nichts anhaben können.
ZISCH! Ihr fliegt zur Vordertür hinaus, und das Ende des Mopps klatscht einem Wächter genau ins Gesicht.
Wenig später landet die Prinzessin an der Seite ihres Vaters.
„Ich kann euch gar nicht genug danken", sagt der König zu euch.
„Aber Eure Hoheit, wir haben Prinzessin Luna doch gar nicht gerettet", sagst du. „Sie hat uns gerettet!"

ENDE

Im Dorf ist ein Jahrmarkt in vollem Gange. „Ich frage mich, was es wohl in dieser Bude in der Mitte zu sehen gibt, um die sich all die Menschen drängen", sagst du zu Tamura. „Ich werde auf den Baum dort klettern, um einen besseren Überblick zu bekommen."
Als du im Wipfel ankommst, bist du so überrascht, dass du fast vom Baum fällst. Die Menschen haben Oswaldo gefangen, einen eurer Wächter, der schon seit drei Tagen vermisst wird.

➔ **Lies auf der nächsten Seite weiter**

Der arme Oswaldo! Er hat seine Mütze verloren. Die spitzen roten Mützen machen die Mitglieder deiner Familie für die Menschen unsichtbar. Wenn ein Elf aber seine Mütze verliert, können die Menschen ihn sehen und leicht fangen. Gerade jetzt kneifen und kitzeln die Menschen Oswaldo. Seine Schreie hallen über den ganzen Marktplatz.

Neben der Bude spielen drei Menschenjungen mit seiner Mütze. Wie gemein! Einer der Jungen trägt Oswaldos Mütze sogar auf der Nase!

● **Lies weiter auf Seite 17**

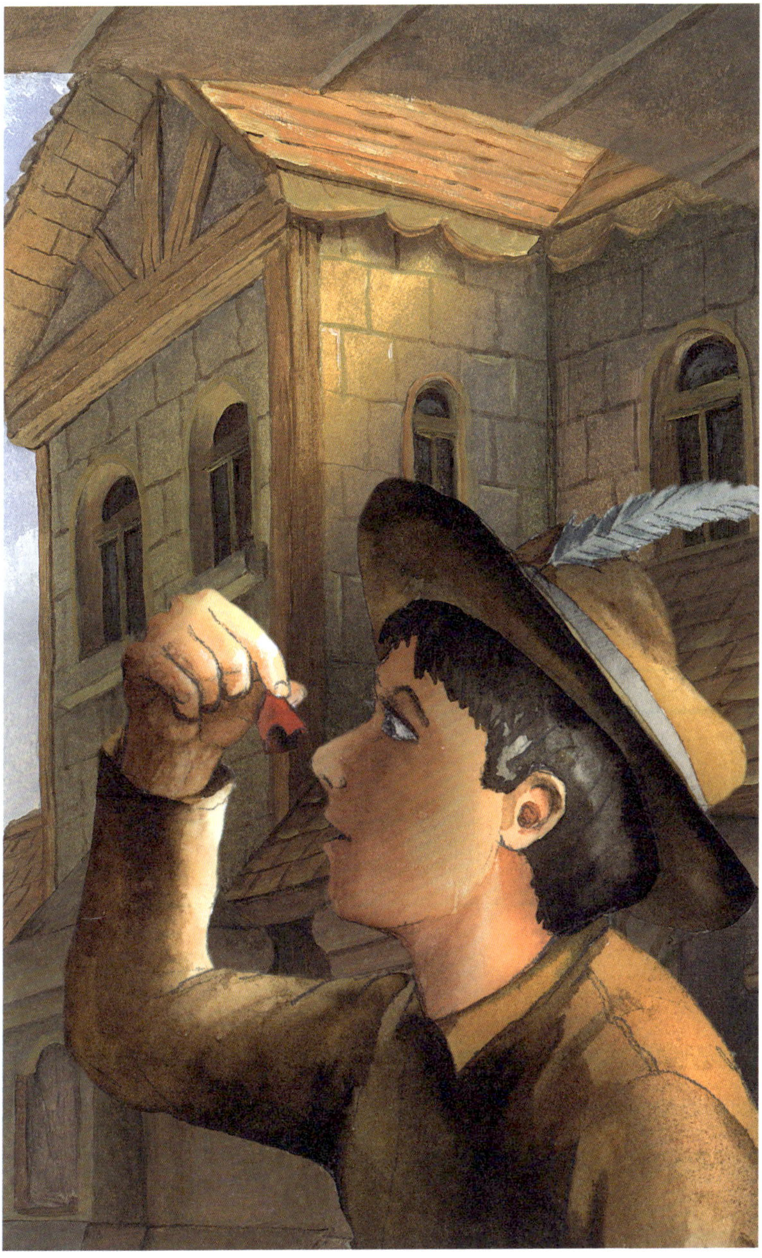

Du musst alles tun, um Prinzessin Luna zu retten. Also springst du kurz entschlossen auf den Rücken des Pferdes. In wildem Galopp prescht es mit dir auf den Fluss zu.
„Was soll das?", brüllst du. „Geht es zur Burg nicht in die andere Richtung?"
Das Pferd lacht ein böses, unheimliches Lachen. „He! He! He! Jetzt habe ich dich!"
Oh nein! Deine Eltern haben dich vor bösen Elfen gewarnt, die in der Gestalt eines Pferdes erscheinen. Das muss eine von ihnen sein.
Du versuchst abzuspringen, aber du kannst deine Beine nicht bewegen. Sie kleben wie durch Zauberei an den Seiten des Pferdes fest.
Das Pferd springt mit dir in den Fluss. Gluck, gluck, gluck … das Wasser reicht dir bis zu den Ohren.
Deine letzten Gedanken gelten Oswaldo und Prinzessin Luna, doch es gibt nichts mehr, was du jetzt noch für sie tun könntest.

ENDE

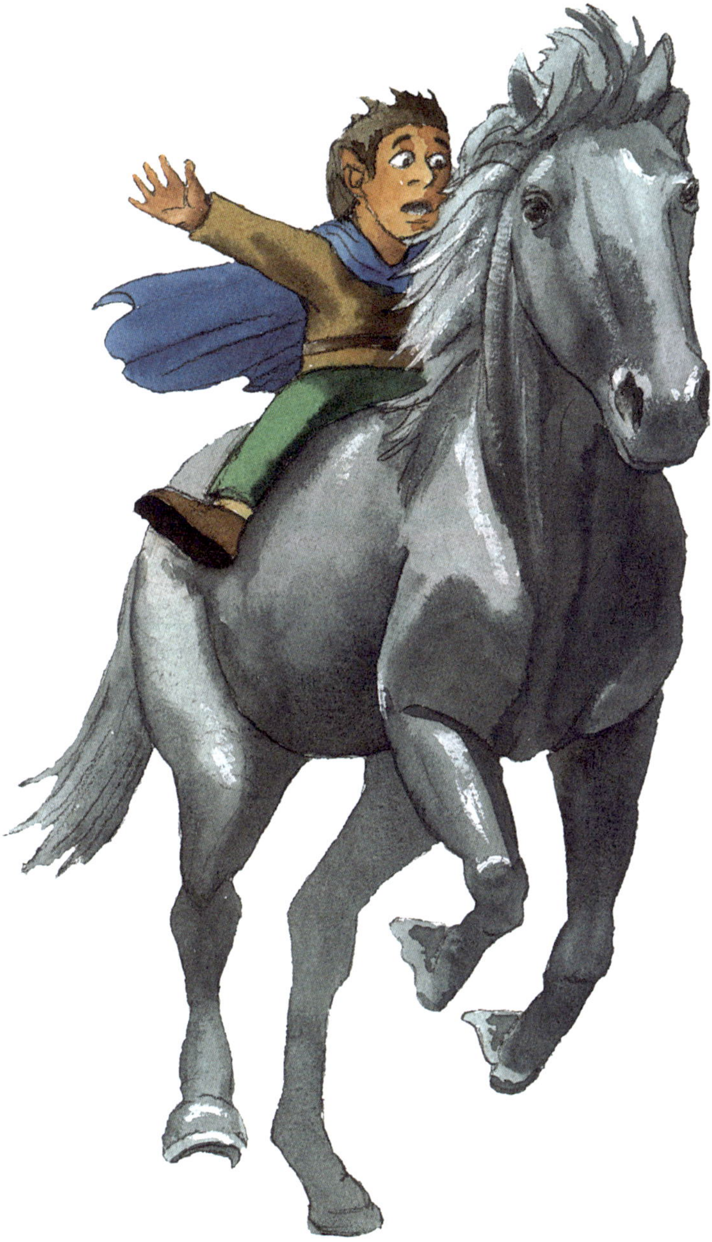

Ihr wartet nur eine Minute in eurem Versteck hinter dem moosbewachsenen Stein. Schon erreicht euch ein Befehl des Königs: „Versucht, euch hineinzuschleichen", sagt er und nickt dir, Tamura und vier anderen Elfen zu.
Ihr sechs springt auf und rennt auf das Tor zu. Doch es ist zu spät. Einige Tuata-Wächter kommen bereits um die Ecke und stürzen sich mit Speeren und Messern auf euch. Alles passiert so schnell, dass ihr nicht einmal mehr Zeit habt, euch mit einem Zauberspruch zu schützen.
Wenige Minuten später ist alles vorbei.

ENDE

29

Du rennst durch den Wald in Richtung Palast, um eine Mütze für Oswaldo zu holen. Plötzlich stellt sich dir das schönste Pferd in den Weg, das du jemals gesehen hast.
„Gehörst du zur Familie der Shanigan-Elfen?", fragt das Pferd.
„Ja", sagst du.
„Ich bin gerade aus der Burg der schrecklichen Tuatas geflohen. Heute Mittag haben die Tuatas eure Prinzessin entführt. Ich weiß, wo sie ist, und bringe dich zu ihr, wenn du willst."
Was für ein Glück! Das ist deine Chance, die Prinzessin zu retten. Aber was wird aus Oswaldo? Er braucht seine Mütze. Außerdem hast du dieses Pferd nie zuvor gesehen. Kannst du ihm wirklich trauen?

- **Wenn du mit dem Pferd gehen und Oswaldos Mütze später holen willst, lies weiter auf Seite 26**
- **Wenn du zuerst zum Palast laufen und die Mütze holen willst, lies weiter auf Seite 40**

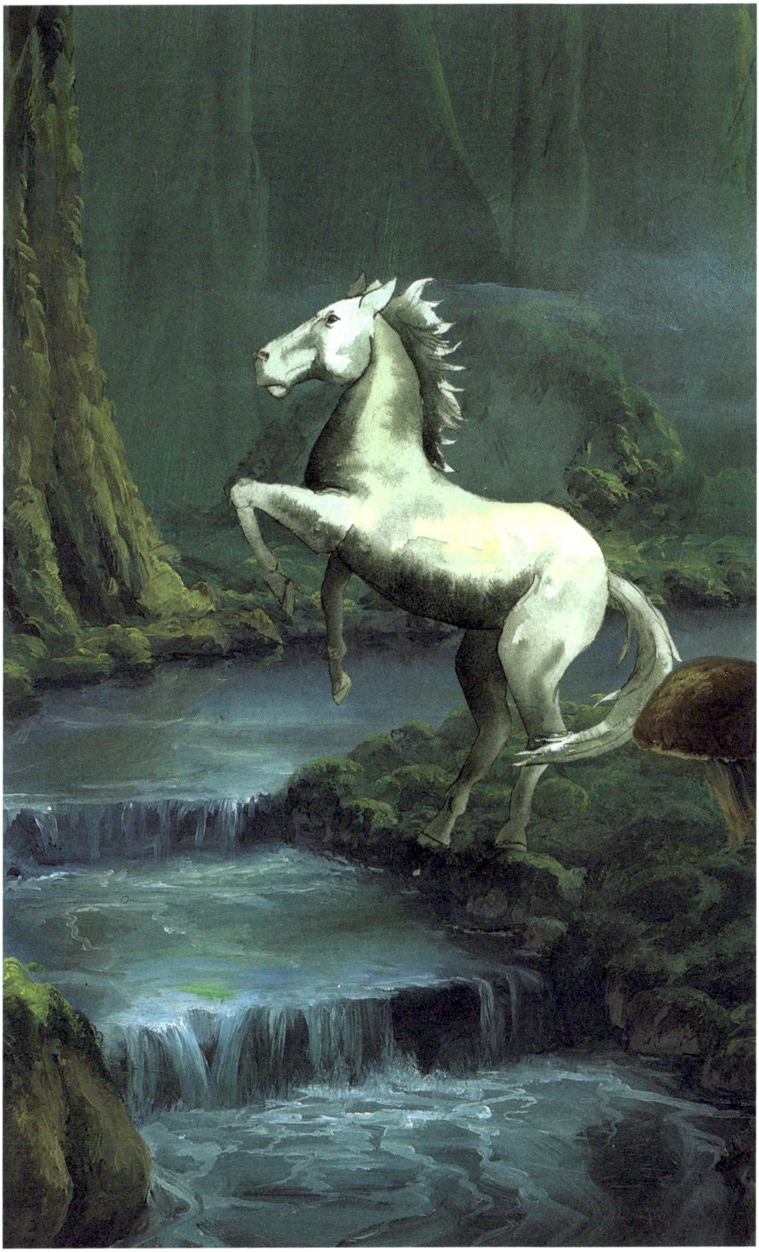

Ihr biegt nach rechts ab und folgt dem Gang eine Treppe hinauf, geht weiter um Ecken und Kurven und schließlich noch eine steile Treppe hinauf.
Wo die Bewohner der Burg nur stecken?
Ihr biegt um eine weitere Ecke und – oh nein! – vier Tuata-Wächter starren euch mit grimmiger Miene ins Gesicht. Sie stehen vor einer großen goldenen Tür.
Ihr wollt sofort die Flucht ergreifen, doch es ist zu spät. „Schnappt sie euch!", schreit einer der Wächter.

➲ **Lies weiter auf Seite 44**

33

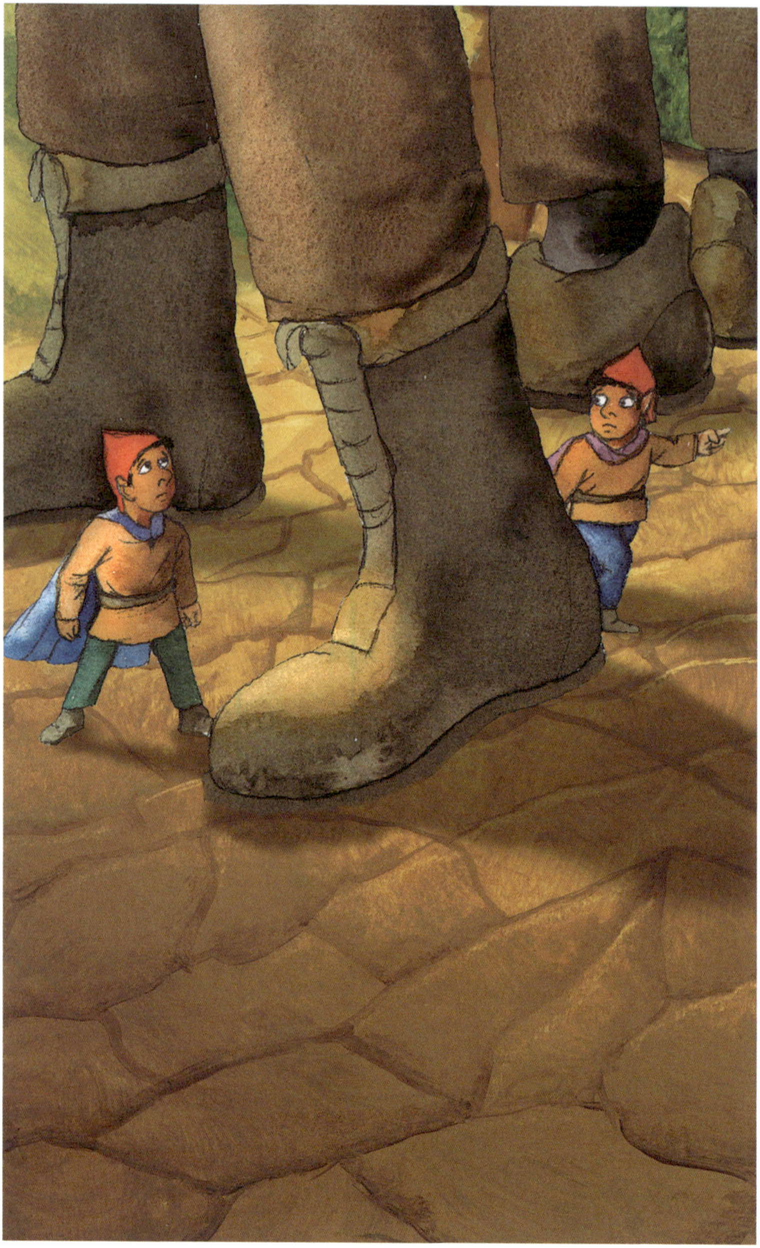

„Komm, Tamura, wir nehmen diesen Jungen Oswaldos Mütze weg", sagst du.
Ihr zieht euch eure eigenen Mützen tief über die Ohren und geht auf die Menschenmenge zu. Ihr müsst sehr aufpassen, dass niemand auf euch tritt.
Als ihr fast bei den Jungen angekommen seid, lässt einer von ihnen gerade Oswaldos Mütze fallen. Was für ein Glück! Sie landet wenige Elfenschritte vor euch. Du stürmst vor, um sie dir zu schnappen.
Plötzlich schreit Tamura auf. Jemand ist auf ihn getreten! Er ist verletzt und kann sich nicht bewegen. Und was noch schlimmer ist – er hat seine Mütze verloren!
Was sollst du tun? Wenn Tamura seine Mütze nicht sofort zurückbekommt, werden die Menschen ihn sehen. Aber vielleicht ist dieser Augenblick auch deine einzige Chance, Oswaldos Mütze zurückzuholen!

⮕ **Wenn du Oswaldos Mütze holen willst, bevor du Tamura hilfst, lies weiter auf Seite 21**
⮕ **Wenn du dich zuerst um Tamura kümmern willst, lies weiter auf Seite 47**

„Bringst du mir wirklich einen Zauberspruch bei?", fragst du.
Der Fichtenwichtel nickt und winkt dich zu sich.
Er flüstert: „Sprich mir nach:
**BOLAM, BARUM, BOLAF –
DU BRAUCHST NOCH ETWAS SCHLAF."**

Plötzlich wirst du sehr müde. Der Fichtenwichtel schüttelt dich durch und faucht: „Wie willst du einen Schlafzauber lernen, wenn du nicht zuhörst? Pass gefälligst auf!"

⮕ **Lies weiter auf Seite 39**

Ihr biegt nach links ab, Tamura bleibt hinter dir. **KLAPP!** Plötzlich gibt der Boden unter dir nach.
Ein paar Sekunden später landest du auf einem harten, feuchten Untergrund. Du musst durch eine Falltür gestürzt sein!

⮕ **Lies weiter auf Seite 46**

Der Fichtenwichtel wiederholt den Zauberspruch noch zweimal. Schließlich kannst auch du ihn aufsagen, ohne dabei einzuschlafen.
„Jetzt versuche dein Glück bei dem Wächter", sagt der Fichtenwichtel.
Du gehst zu der alten verrosteten Tür des Kerkers und hämmerst dagegen, bis der Wächter aufschließt.
„Was willst du?", fragt er böse.
Du flüsterst hastig den Zauberspruch, und der Wächter fängt tatsächlich sofort an zu schnarchen. Der Zauber wirkt!
Du ziehst dir die Uniform des Wächters an und kettest ihn an der Wand fest. In der Hosentasche seiner Uniform steckt etwas. Du ziehst es heraus. Es ist eine Karte der Tuata-Burg!

⮕ **Lies weiter auf Seite 48**

„Vielen Dank für das freundliche Angebot. Aber ich muss zurück zu unserem Palast", sagst du zu dem Pferd. „Außerdem ist schon eine ganze Gruppe von meinen Leuten auf dem Weg zur Burg der Tuatas. Vielleicht kannst du ihnen helfen."

„Was?", schnaubt das Pferd wütend. „Du willst mein Angebot nicht annehmen? Das wird dir noch leidtun!"

Bevor dir das Pferd etwas tun kann, rennst du auch schon in den Wald. Du bist zwar schnell, aber das Pferd ist noch schneller. Schon nach wenigen Sekunden spürst du seinen heißen Atem im Nacken.

Plötzlich stolperst du und fällst und fällst und fällst …

◯ Lies weiter auf Seite 54

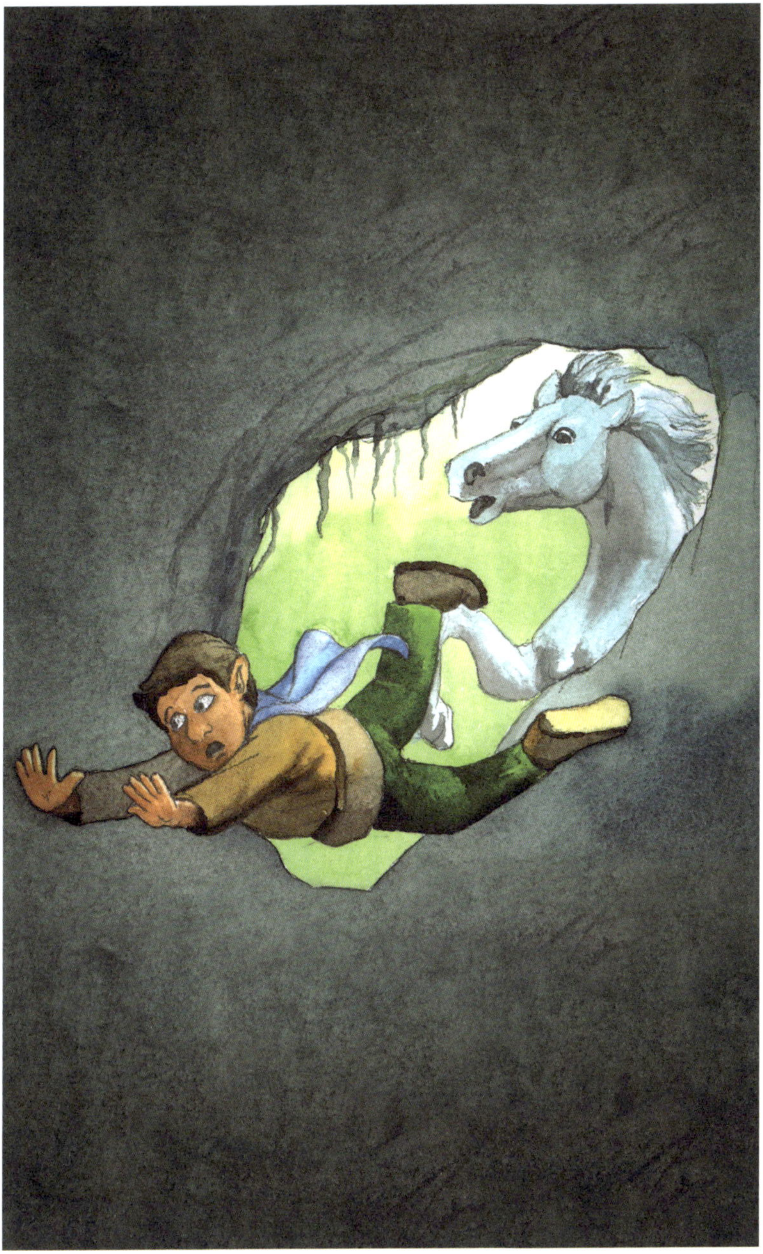

Du nimmst deinen Gürtel ab und gehst damit zu dem kleinen Fenster in der Kerkertür.
„Psst", zischst du, um den Wächter auf dich aufmerksam zu machen. „Ich habe hier eine goldene Gürtelschnalle. Wenn du mich freilässt, gehört sie dir."
Der Wächter schließt langsam die Tür auf und öffnet sie. „Bildest du dir etwa ein, du könntest einen Tuata-Wächter bestechen?", fragt er wütend. „Da hast du dich aber gewaltig getäuscht! Ich bringe dich zu unserer Königin!"
Bevor du noch etwas sagen kannst, hat er schon deine Hände gefesselt und führt dich aus dem Kerker.

➔ **Lies weiter auf Seite 56**

43

Atemlos rennt ihr den verwinkelten Gang zurück. Als ihr euch außer Sichtweite der Wächter glaubt, reißt du eine Tür auf, und ihr springt hindurch. Es sieht ganz so aus, als wärt ihr in einer Besenkammer gelandet!
Einen Moment später hört ihr die Tuatas draußen vorbeirennen. Erst einmal seid ihr in Sicherheit.
„Was glaubst du, wohin die goldene Tür führt?", flüstert Tamura noch immer außer Atem.
„Keine Ahnung", sagst du, „aber vielleicht führt sie in das Zimmer, in dem Prinzessin Luna gefangen gehalten wird."
„Gut möglich", sagt Tamura. „Gehen wir dorthin zurück. Wenn wir wieder auf die Tuata-Wächter treffen, verzaubern wir sie einfach."
Ob eure Zauberkraft dafür schon stark genug ist? Richtig zaubern zu lernen, dauert schließlich viele, viele Jahre. Wenn die Tuatas es besser können als ihr, seid ihr verloren!

- **Wenn du zur goldenen Tür zurückkehren willst, lies weiter auf Seite 38**
- **Wenn du Tamura überreden willst, noch eine Weile in der Besenkammer zu bleiben und einen anderen Plan zu schmieden, lies weiter auf Seite 50**

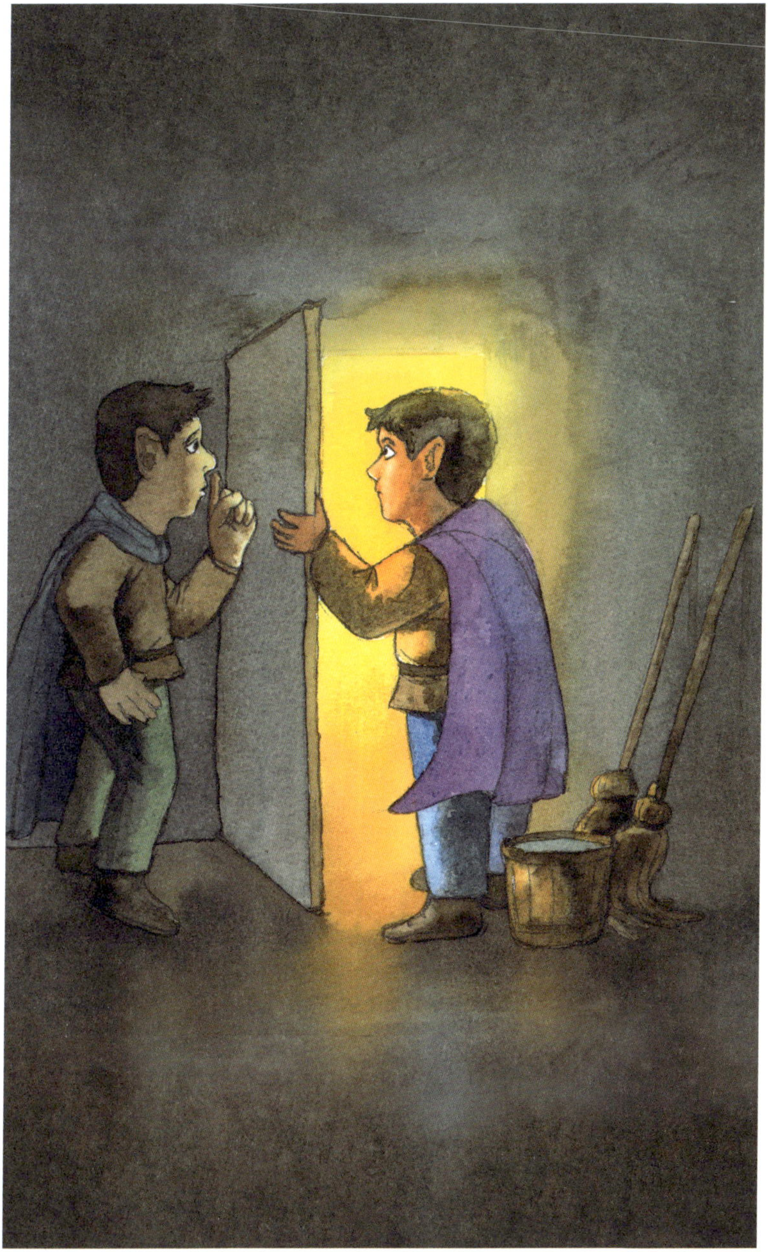

„Tamura?", rufst du. „Bist du hier?"
Niemand antwortet. Du musst allein durch die Falltür gestürzt sein.
Plötzlich ertönt eine Stimme in der Dunkelheit.
„Gehörst du zur Shanigan-Familie? Dann suchst du bestimmt eure Prinzessin."
„Was? Wer ist da? Wer bist du?", rufst du.

◑ **Lies weiter auf Seite 52**

Es fällt dir schwer, Oswaldos Mütze liegen zu lassen, aber du musst zunächst deinen Cousin Tamura retten. Schnell drückst du ihm seine Mütze wieder auf den Kopf. Dann zerrst du ihn zum Waldrand. Glück gehabt – die Menschen haben euch nicht gesehen!
„Ich kann nicht laufen", jammert Tamura.
„Oh nein! Dann muss ich dich nach Hause tragen!", sagst du verzweifelt.
Plötzlich ertönt hinter dir eine Stimme: „Wir helfen euch!"
„Runat! Oswaldo! Wie kommt ihr denn hierher?", rufst du.
Oswaldo lächelt. „Runat hat meine Mütze aufgehoben, nachdem diese schrecklichen Menschenjungen sie fallen gelassen haben."

◆ **Lies weiter auf Seite 60**

Auf der Karte sind alle Geheimgänge in der Burg verzeichnet. Damit sollte es eigentlich nicht schwer sein, die Prinzessin zu finden. Aber wo steckt Tamura?
Eine halbe Stunde später gelangst du durch ein drehbares Bücherregal in das Zimmer der Prinzessin. Sie starrt dich mit offenem Mund an. Und – Tamura steht direkt neben ihr!

„Tamura, wie kommst du denn hierher?",
rufst du verwundert aus.
„Dasselbe wollte ich dich gerade fragen",
antwortet er.
„Ich habe einen Tuata-Wächter in den Schlaf
gezaubert und in seiner Tasche eine Karte von
der Burg gefunden", erklärst du. „Kommt, ich
weiß einen Geheimgang, der aus der Burg
führt."

◉ **Lies weiter auf Seite 58**

„Tamura, wir sind erst zweihundertfünfzig Jahre alt", sagst du. „Unsere Zauberkraft ist noch nicht sehr stark. Wir müssen uns etwas anderes ausdenken."

„Ist gut", sagt er. „Aber was?"

Plötzlich hört ihr, wie draußen jemand leichtfüßig den Gang entlangkommt. Eure Tür wird aufgerissen und ein junges Mädchen stürmt herein und wirft die Tür hinter sich zu.

„Prinzessin Luna!", rufst du. „Du bist entkommen!"

„Ja. Aber was macht ihr hier? Und wo sind wir überhaupt?", antwortet sie überrascht.

„Tamura und ich sind gekommen, um dich zu befreien. Dein Vater wartet draußen. Und im Augenblick sind wir ganz offensichtlich in einer Besenkammer."

„Hm", sagt die Prinzessin. „Dann gibt es hier sicher einen Besen, nicht wahr?"

„Wie wäre es mit einem Mopp?", fragt Tamura.

➔ **Lies weiter auf Seite 10**

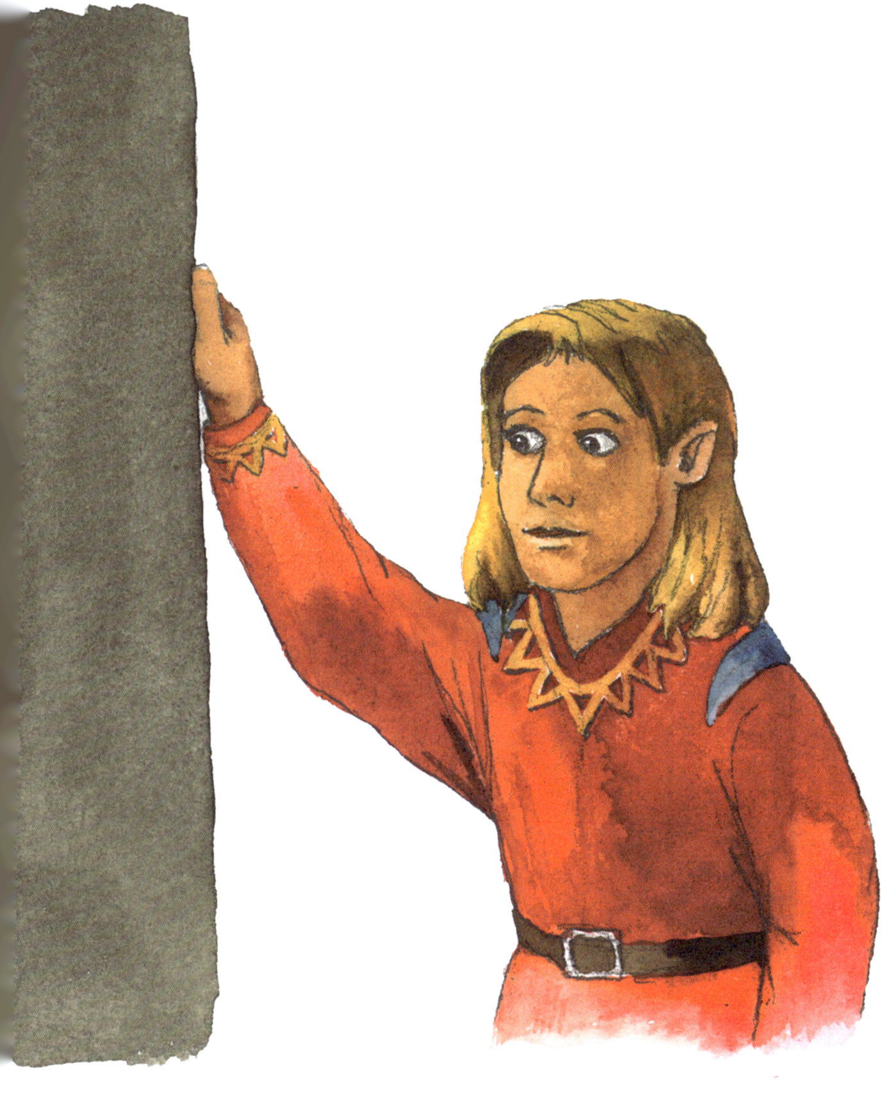

„Ich bin hier in der Ecke", antwortet die Stimme.

Nachdem sich deine Augen an die Dunkelheit gewöhnt haben, erkennst du einen sehr alten Elf, der die Kleidung eines Fichtenwichtels trägt und an der Wand festgekettet ist. Die Fichtenwichtel sind schon vor fast hundert Jahren ausgestorben.

„Ich bin ein Gefangener der Tuatas", sagt der alte Wichtel. „Ich sitze nun schon fast dreihundert Jahre in diesem Kerker."

„Weißt du, wo die Prinzessin ist?", fragst du. „Ich muss unbedingt aus diesem Kerker herauskommen und sie befreien."

„Sie ist im vierten Stock hinter einer goldenen Tür."

„Das beantwortet eine meiner Fragen, aber wie komme ich hier heraus?", willst du wissen.

⊃ **Lies weiter auf Seite 55**

53

Stunden später wachst du wieder auf. Es ist inzwischen dunkel geworden, und dein Kopf tut furchtbar weh. Du bist in ein Loch im Boden gefallen.
„Hilfe! Hiiilfe!",
schreist du.
Über dir rascheln Gras und Zweige und am Rand des Lochs taucht ein kleines Licht auf. „Da bist du ja! Wir haben überall nach dir gesucht!", hörst du eine dir vertraute Stimme.

➜ Lies weiter auf Seite 59

„Nun, mir fallen zwei Möglichkeiten ein", sagt der Fichtenwichtel. „Du kannst versuchen, den Wächter mit Gold zu bestechen. Oder ich bringe dir einen Schlafzauber bei, der vielleicht wirkt."

- **Wenn du versuchen willst, den Wächter zu bestechen, lies weiter auf Seite 42**
- **Wenn du dir vom Fichtenwichtel den Zauber beibringen lassen willst, mit dem du den Wächter einschläfern kannst, lies weiter auf Seite 36**

Ihr biegt nach links ab und geht eine Treppe hinauf. Zwei andere Wächter kommen euch entgegen und stellen sich euch in den Weg.
„Wohin bringst du ihn?", fragen sie deinen Wächter.
„Der Gefangene hat versucht, mich zu bestechen. Er ist gekommen, um die Prinzessin zu befreien", erklärt er.
„Ja", knurrt einer der anderen Wächter. „Das haben schon ein paar andere von seiner Sippe versucht. Wir übernehmen ihn jetzt."
Die beiden Wächter packen dich grob und führen dich weg. Als ihr um eine Ecke gebogen seid, fangen sie an zu lachen. Sie nehmen ihre Helme ab.
Es sind Tamura und die Prinzessin!
„Wir sind entkommen. Dazu haben uns Schlafmittel, Zaubertränke und Bestechung verholfen", erklärt Tamura. „Aber jetzt lasst uns ganz schnell von hier verschwinden!"
Mit zwei Tuata-Wächtern an deiner Seite ist deine Flucht ein Kinderspiel. Ihr geht erhobenen Hauptes durch das große Eingangstor!

ENDE

57

Ihr folgt der Karte zu einem unterirdischen Tunnel. Als ihr schließlich wieder auf der Erde ankommt, ruft die Prinzessin aus. „Seht doch! Da vorn ist der Fluss! Wir sind gar nicht weit von unserem Palast entfernt!"

„Und je früher wir dort ankommen, desto größer wird die Freude sein", sagst du.

ENDE

„Tamura? Bist du das?", fragst du.
„Ja", sagt er. „Keine Angst – wir holen dich sofort aus diesem Loch heraus."
Zwei andere Elfen werfen dir ein Seil zu und ziehen dich nach oben. Dann legen sie dich auf eine Trage, um dich zum Palast zurückzubringen.
„Aber was ist mit Oswaldo? Und wie steht es um die Prinzessin?", fragst du.
„Sie konnten beide entkommen und sind längst wieder zu Hause. Mach dir um sie keine Sorgen. Ruh dich lieber aus."
Das muss er dir nicht zweimal sagen. Erschöpft und erleichtert schläfst du auf der Trage ein.

ENDE

Der weise Runat strahlt dich voller Stolz an. „Ich habe gesehen, wie du Tamura gerettet hast", sagt er. „Da dachte ich, das schaffst du auch allein. Also habe ich mir die Mütze geschnappt und sie Oswaldo gebracht. Die Menschen waren wirklich überrascht. Sie konnten gar nicht begreifen, was geschehen war!"
„Zumindest weiß ich mit Sicherheit, dass die Menschen die Prinzessin nicht entführt haben", sagt Oswaldo.
„Das hilft uns schon weiter", sagt Tamura. „Sobald ihr mich nach Hause gebracht habt, müsst ihr schnellstens zur Tuata-Burg laufen und den anderen helfen."

ENDE

Susan Saunders

Spuk in der Halloween-Nacht

Mit Bildern von Thomas Thiemeyer

LIES DIES ZUERST!

In den meisten Büchern wird von anderen Leuten erzählt, aber dieses Buch handelt von dir – und einer unheimlichen Halloween-Party, die du nicht so schnell vergessen wirst.

Lies dieses Buch nicht von der ersten bis zur letzten Seite, sondern fang auf der ersten Seite an und lies weiter, bis du zum ersten Mal wählen kannst. Entscheide, was du tun willst, lies dann auf der angegebenen Seite weiter und sieh zu, was passiert. Wenn du eine Geschichte ausgelesen hast, geh zurück zum Anfang und wähle eine andere Geschichte. Jede Wahlmöglichkeit entführt dich in ein neues, aufregendes Abenteuer.

Die Halloween-Party kann beginnen.
Bist du bereit?
Dann wappne dich, bevor du die nächste Seite aufschlägst.

Viel Glück!

6

Es ist Halloween, und du bist mit deiner älteren Schwester Nana auf eine Party in einer alten, verfallenen Villa eingeladen. Das Haus steht schon seit vielen Jahren leer und sieht richtig unheimlich aus.

Du hast dich als Alien von einem anderen Stern verkleidet und trägst eine grüne Maske mit einer Steckdosenschnauze, drei Augen und Sensor-Ohren.

Nana ist als Hexe kostümiert. Sie trägt einen schwarzen Umhang und einen spitzen lila Hut. Ihre Maske hat eine lange, spitze Nase mit einer dicken Warze.

Euer Vater fährt euch beide zur Party. Vor einem eisernen Tor hält er an. „Ihr müsst nur dem Schotterweg folgen", sagt er. „Die Villa liegt ganz oben auf dem Hügel. Ich hole euch nach der Party wieder ab. Amüsiert euch gut!"

Ihr steigt den Hügel hinauf. Blätter rascheln im Wind und Wolken verdecken den Mond. Es ist kalt und unheimlich hier.

„Sieh mal!", sagt Nana und zwängt sich zwischen ein paar Büschen hindurch. „Ich wette, das ist eine Abkürzung."

⮕ **Lies weiter auf Seite 8**

Auch du bahnst dir einen Weg durch das Gestrüpp. Doch wo ist Nana auf einmal? Du siehst dich um und entdeckst einen schmalen Weg, der zu einer alten Villa führt. Durch die geöffnete Tür des Hauses dringt Lärm nach draußen. Als du eintrittst, stößt du mit jemandem zusammen, der als Geist verkleidet ist und sich ein Bettlaken übergeworfen hat.
„Oh, entschuldige", sagst du.
Keine Antwort. Das Bettlaken fällt zu Boden.
Hilfe – da steckt gar niemand darunter!
Um dich herum scharen sich Skelette, Trolle und Gespenster. Und sie sind alle echt!
Das kann nicht die richtige Halloween-Party sein! Du musst sofort von hier verschwinden! Auf der anderen Seite des Raums entdeckst du zwei Hexen. Aber welche von ihnen ist Nana? Ist es die Hexe neben dem Wasserkessel? Oder die Hexe, die eine schwarze Katze streichelt? Oder keine von beiden?

➡ **Wenn du glaubst, dass die Hexe neben dem Kessel Nana ist, lies weiter auf Seite 25**

➡ **Wenn du glaubst, dass Nana die Hexe ist, die die Katze streichelt, lies weiter auf Seite 18**

➡ **Wenn du glaubst, dass keine von beiden Nana ist, lies weiter auf Seite 32**

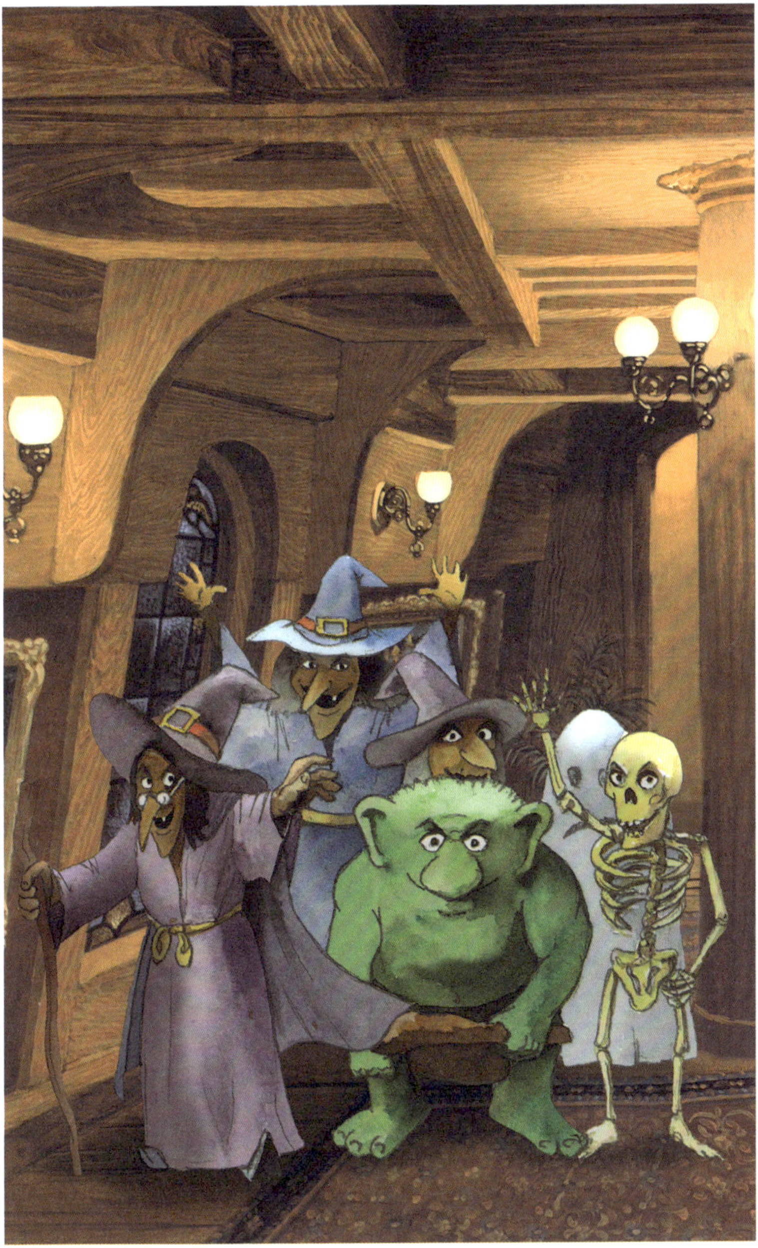

Während du noch die Stufen hinuntergehst, hörst du plötzlich eine heisere Stimme: „Stehen bleiben! Wohin des Weges?"
Wer spricht da? Du kannst niemanden sehen, aber irgendjemand muss dich gesehen haben. Du tust so, als wolltest du dich nur ein wenig umschauen.

„Ich wollte mir nur den Keller ansehen",
sagst du gelassen.
„Aber ich will zurück zur Party!", jammert
die Stimme. Wer ist das bloß?
Plötzlich zwickt dich etwas in den Zeigefinger.
Unglaublich – die Kürbislaterne beißt dich!
„Autsch!", schreist du und lässt den Kürbis
fallen.
„Aua!", stöhnt er. Er kugelt die Treppe hinunter
und schreit: „Hilfe! Man will mich umbringen!"
Bei diesem Lärm werden bestimmt gleich alle
angerannt kommen. Tatsächlich, da kommt
auch schon eine Hexe! Doch sie rennt an dir
vorbei und verschwindet um eine Ecke.
Ihre Art zu rennen, erinnert dich an jemanden.
Nana! Du überlegst, ob du ihr nachlaufen sollst.
Aber was, wenn es gar nicht Nana war?
In der Kellerwand ist eine Tür. Führt sie
vielleicht aus diesem Spukhaus heraus?

◗ **Wenn du der Hexe folgen willst,
   lies weiter auf Seite 38**
◗ **Wenn du lieber durch die Tür verschwinden willst,
   lies weiter auf Seite 48**

Du lässt den Arm der Hexe los und weichst zurück. Aber zwischen dir und der Haustür befinden sich unglaublich viele Trolle, Skelette und Geister. Wie sollst du jemals aus diesem Haus herauskommen?

Auf der anderen Seite des Raums entdeckst du eine Treppe, die nach unten führt. Bestimmt hat dieses Spukhaus auch einen Keller. Vielleicht gibt es dort einen Weg nach draußen. Zumindest könntest du dich im Keller verstecken, bis die Halloween-Nacht vorbei ist.

Die Kellertreppe ist steil und dunkel, und mit der Maske vor dem Gesicht kannst du kaum etwas erkennen. Vielleicht solltest du sie abnehmen. Aber wahrscheinlich ist es besser, wenn du dich dahinter versteckst, solange du auf dieser unheimlichen Party bist.

◉ **Wenn du die Maske abnehmen willst, lies weiter auf Seite 30**
◉ **Wenn du es für sicherer hältst, sie aufzubehalten, lies weiter auf Seite 35**

„Nein", sagst du zu Nana. „In der Truhe werden sie als Erstes nachsehen. Lass uns lieber aus dem Fenster steigen. Dann sind wir wenigstens nicht länger in diesem gruseligen Haus."
Du öffnest das Fenster und kletterst hinaus aufs Dach. Nana bleibt dicht hinter dir. Doch kaum seid ihr auf dem Dach, hörst du jemanden krächzen: „Hier oben sind wir! Kommt schnell herauf!"

> **Lies auf der nächsten Seite weiter**

Im Mondlicht siehst du noch mehr Hexen – Dutzende von ihnen! Sie haben sich alle auf dem Dach versammelt und eine kleine Hexe verteilt Besen an sie!

➲ **Lies weiter auf Seite 21**

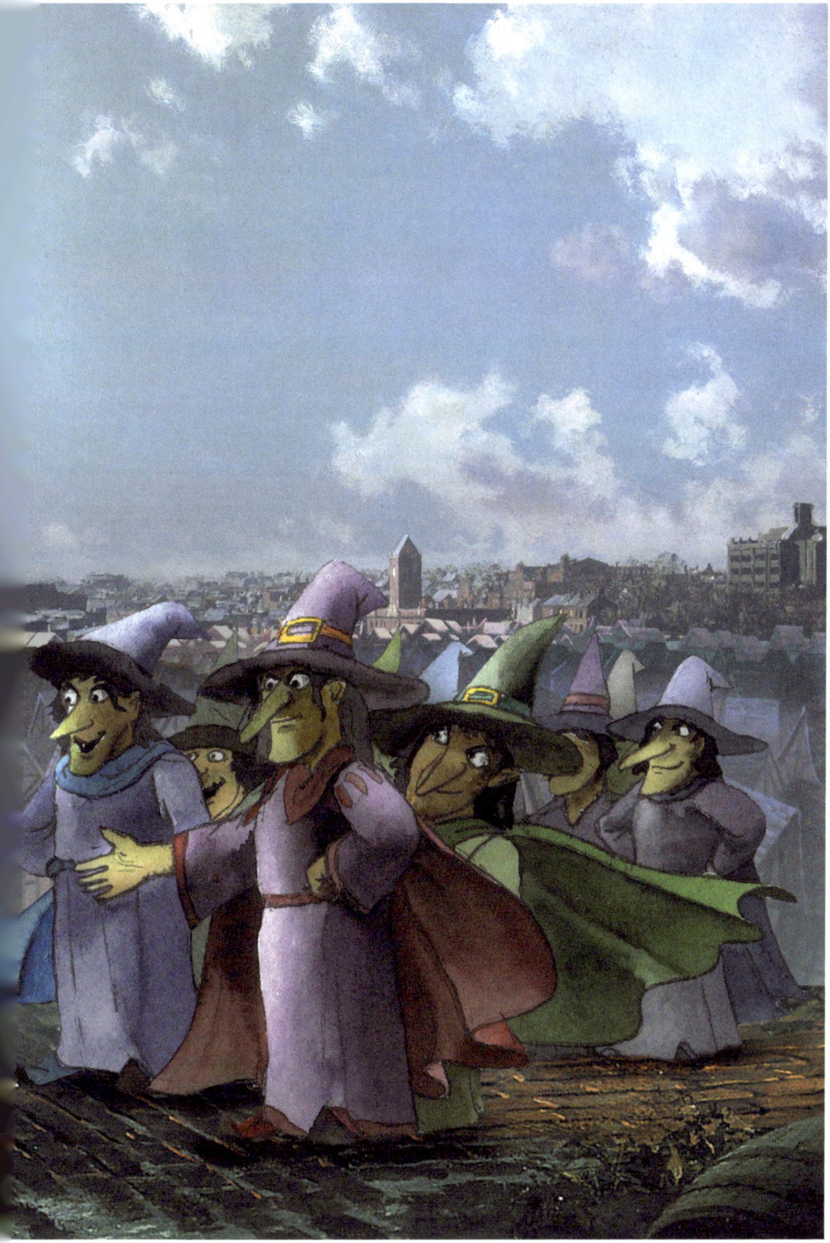

16

„Huuiii, wir kommen!", schreien die Gruselgestalten.
Sie fassen sich an den Händen und stürmen aus der alten Villa in die mondhelle Nacht.
Dir bleibt keine Wahl – du wirst mitgerissen!
Die Bande saust den Hügel hinab auf die Hauptstraße, die durch die Stadt führt. „Huuiiii!", schreien sie schrill und reißen Plakate von einer Liftfaßsäule herunter!
Du hast keine Ahnung, wie lange du schon so mitgezerrt wirst. Doch plötzlich erkennst du deine Straße. Bis zu dir nach Hause ist es nicht mehr weit.
Solltest du versuchen, die Gespenster zu deinem Haus zu führen? Vielleicht kannst du dich da irgendwie in Sicherheit bringen. Oder wäre es besser, die unheimliche Bande so weit wie möglich von deinem Haus und deiner Familie fernzuhalten?

➲ **Wenn du die Gespenster zu deinem Haus führen willst, lies weiter auf Seite 37**
➲ **Wenn du sie von deinem Haus fernhalten willst, lies weiter auf Seite 27**

Deine Schwester liebt Katzen. Bestimmt ist sie die Hexe, die die schwarze Katze streichelt.

Du drückst dich an drei tanzenden Kobolden vorbei und zwängst dich zwischen einem haarigen Troll und einem Skelett hindurch. Die Hexe beugt sich gerade über die Katze und achtet nicht auf dich.

„Nana!", flüsterst du. „Lass uns gehen!"
Die Hexe antwortet nicht. Vielleicht ist es doch nicht Nana? Doch dann erkennst du die Stimme deiner Schwester hinter der Hexenmaske: „Ist die Katze nicht süß?"
„Vergiss die Katze!", stöhnst du. „Wir müssen hier weg, bevor uns jemand entdeckt!"
„Spinnst du? Wir sind doch gerade erst gekommen!", widerspricht Nana. Ihr ist anscheinend überhaupt nichts Ungewöhnliches aufgefallen!
„Aber es ist das falsche Haus! Wir sind auf der falschen Party!", flüsterst du. Du packst Nana am Ärmel und versuchst sie zur Haustür zu ziehen.

⮕ **Lies weiter auf Seite 28**

Du gehst hinter der Kellertür in Deckung.
Hoffentlich sieht dich niemand!
Aber die Schreie der Hexe haben alle erschreckt.
„Was hat Abigail nur solche Angst eingejagt?",
klappert ein Skelett.
„Also, ich werde auf keinen Fall hierbleiben
und es herausfinden!", ruft ein kleiner blauer
Kobold.
„Lasst uns verschwinden, und zwar schnell!",
schreien zwei Vampire, die sich zum Ver-
wechseln ähnlich sehen.

⮕ **Lies weiter auf Seite 46**

„Niemals geh ich da rauf", sagst du.
„Du musst aber!", flüstert Nana zurück.
Nana klettert hinauf zum First und du
folgst ihr widerwillig.
„Wer ist denn das?", krächzt die kleine Hexe
und sieht dich misstrauisch an.
„Nur ein Freund", beruhigt Nana sie.
„Dann nimmst du am besten diese Schaufel
hier", sagt die kleine Hexe. „Sie hat einen Beifahrersitz." Sie gibt Nana eine große Schaufel
und ruft: „Seid ihr alle bereit?"
„Alle bereit!", bestätigen die Hexen.
„Aufsitzen!"
Alle Hexen besteigen ihre Besen.
„Mach einfach mit", flüsterst du Nana zu.
„Tu so, als gehörst du dazu."
Nana schwingt ihr Bein über den Stiel und
du setzt dich auf das Schaufelblatt. Du willst
warten, bis die anderen Hexen abgehoben
haben. Dann könnt ihr euch immer noch überlegen, wie ihr wieder vom Dach herunterkommt.
Die Hexen stimmen einen Singsang an,
den du nicht verstehst. Es klingt wie
„Himl, friml, griml".

⮕ **Lies weiter auf Seite 23**

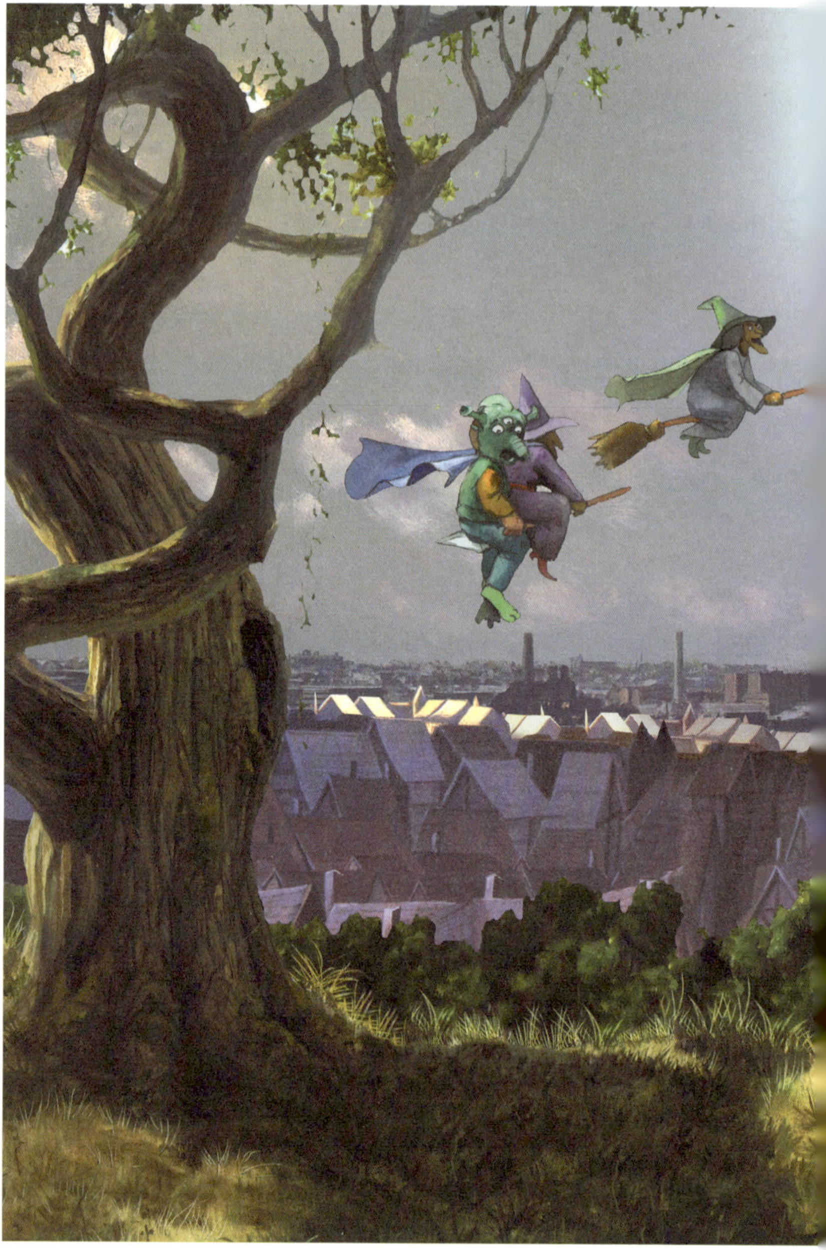

Singend fliegen die Hexen auf ihren Besen davon! Und eure Schaufel fliegt mit!
„Was machen wir jetzt?", schreit Nana.
Auf dem Hügel unter euch wachsen ein paar große Büsche. Vielleicht solltet ihr abspringen, bevor die Schaufel noch höher fliegt? Oder wäre es besser, die Schaufel abwärtszusteuern?

- **Wenn ihr abspringen wollt, lies weiter auf Seite 52**
- **Wenn ihr die Schaufel abwärtssteuern wollt, lies weiter auf Seite 56**

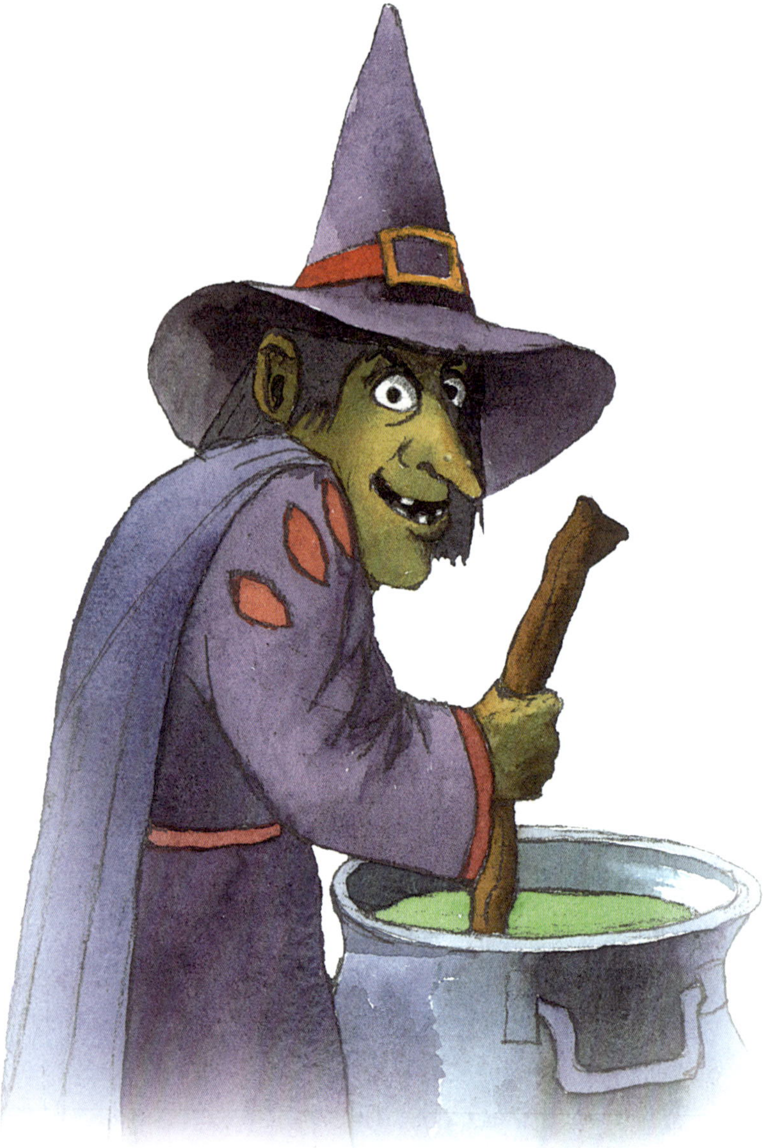

Nana hat immer Hunger, also muss sie die Hexe sein, die in dem riesigen Kessel nach Äpfeln fischt. Du durchquerst den Raum so unauffällig wie möglich. Keine dieser Spukgestalten soll merken, dass du nicht zu den Partygästen gehörst.

„Musst du unbedingt jetzt nach Äpfeln suchen?", flüsterst du der Hexe zu und zupfst an ihrem Arm.

„Äpfel?", krächzt die Hexe verständnislos. „Was für Äpfel?"

Du starrst in das Wasser. Da schwimmen tatsächlich keine Äpfel drin herum, sondern … riesige, hässliche Kröten!

Und außerdem hat die Hexe zwei Warzen auf der Nase. Das ist nicht Nana. Diese Hexe ist echt!

⮕ **Lies weiter auf Seite 12**

26

Diese gespenstische Horde darf auf keinen Fall bei dir zu Hause auftauchen! Aber wie kannst du sie aufhalten?
Die Gruselgestalten ziehen dich am Gartentor eurer Nachbarn vorbei. Hoffentlich schauen die nicht gerade aus dem Fenster – diese Geistertruppe würde ihnen einen schönen Schrecken einjagen! Doch plötzlich fällt dir Max ein, der Hund eurer Nachbarn.
„Miau!", schreist du laut. „Miau! Miau!"
„Miau!" Die Skelette und Kobolde machen es dir nach. Sie glauben, dass sie mit diesem Ruf die Menschen noch mehr erschrecken können.
„Miau!", heult ein riesiger Troll.
Aber du weißt etwas, was sie nicht wissen: Max *hasst* Katzen. Und wenn er eine Katze hört …

❯ **Lies weiter auf Seite 55**

Plötzlich fängt die schwarze Katze an zu knurren. Sie verwandelt sich! Vor euren Augen wird sie größer und dünner. Und ihre Ohren wachsen zusammen … zu einem spitzen, lila Hut!

„Eine echte Hexe!", kreischt Nana.

„Los, wir müssen hier raus!", schreist du verzweifelt.

Aber die Hexenkatze krächzt: „Halt!"

Zwei dicke Trolle versperren euch die Tür. Es bleibt euch nichts anderes übrig, als die Treppen hinaufzurennen.
„Sie verfolgen uns!", keuchst du.
„Hier rein!", ruft Nana. Ihr flüchtet in einen Raum voller Spinnweben. An der Wand steht eine große Truhe. Durch ein großes, rundes Fenster kann man den Sternenhimmel sehen.
„Komm, wir verstecken uns in der Truhe!", schlägt Nana vor.
Ist das wirklich eine gute Idee? Vielleicht wäre es besser aus dem Fenster zu steigen. Aber wie sollt ihr dann vom Dach herunterkommen?

➡ **Wenn ihr beschließt, euch in der Truhe zu verstecken, lies weiter auf Seite 40**
➡ **Wenn ihr lieber aus dem Fenster steigt, lies weiter auf Seite 13**

Du wirst die Maske abnehmen, wenn gerade keiner hinsieht.

Die Hexe ist mit ihren Kröten beschäftigt. Alle anderen Gäste sehen einem Troll beim Tanzen zu. Schnell streifst du deine Maske ab.

„Iiiih!", kreischt die Hexe und starrt dir entsetzt ins Gesicht. „Wie ekelhaft! Igitt! Wo kommst du denn her?"

Die Hexe ist den Anblick von Skeletten, Trollen und anderen Hexen gewöhnt. Aber dass ein ganz normaler Mensch an einer Geisterparty teilnimmt, das hat sie noch nie erlebt!

Dein Gesicht erschreckt sie sogar so sehr, dass sie vor lauter Angst zusammenschrumpft. Nur eine pelzige, schwarze Spinne bleibt von ihr übrig und die verschwindet blitzschnell hinter einem Stuhl.

➔ **Lies weiter auf Seite 20**

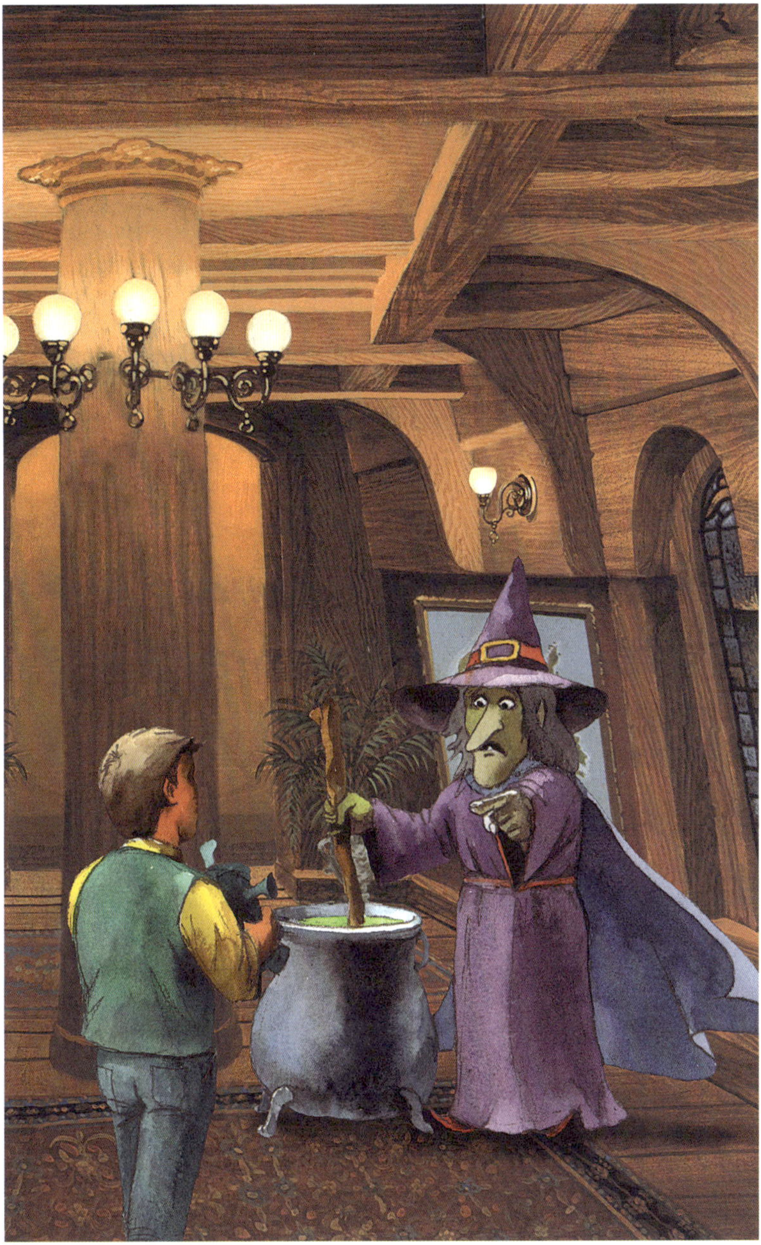

Keine der beiden Hexen kann Nana sein. Die eine ist zu dick, die andere ist zu groß und zu dünn.
Nana ist hinter der Hecke bestimmt rechts den anderen Pfad entlanggegangen. Sicher ist sie jetzt auf der richtigen Halloween-Party, während du eindeutig auf der falschen gelandet bist! Am besten verziehst du dich so schnell wie möglich!
Vorsichtig schleichst du zur Tür. Gerade als du sie öffnen willst, fliegt sie auf und knallt mit einem lauten Krachen gegen die Wand. Alle Partygäste starren dich an.
Ein riesiger, grüner Troll tappt langsam auf dich zu.
„Ist es Zeit?", fragt er dich mit Grabesstimme.
„Zeit?", fragst du verständnislos.
„Zeit!", schreien die anderen. „Ja, es ist Zeit!"
Der Troll nimmt deine Hand. Die Knochenfinger eines Skeletts packen deine andere. „Zeit, die Menschen zu erschrecken!"

⮕ **Lies weiter auf Seite 17**

33

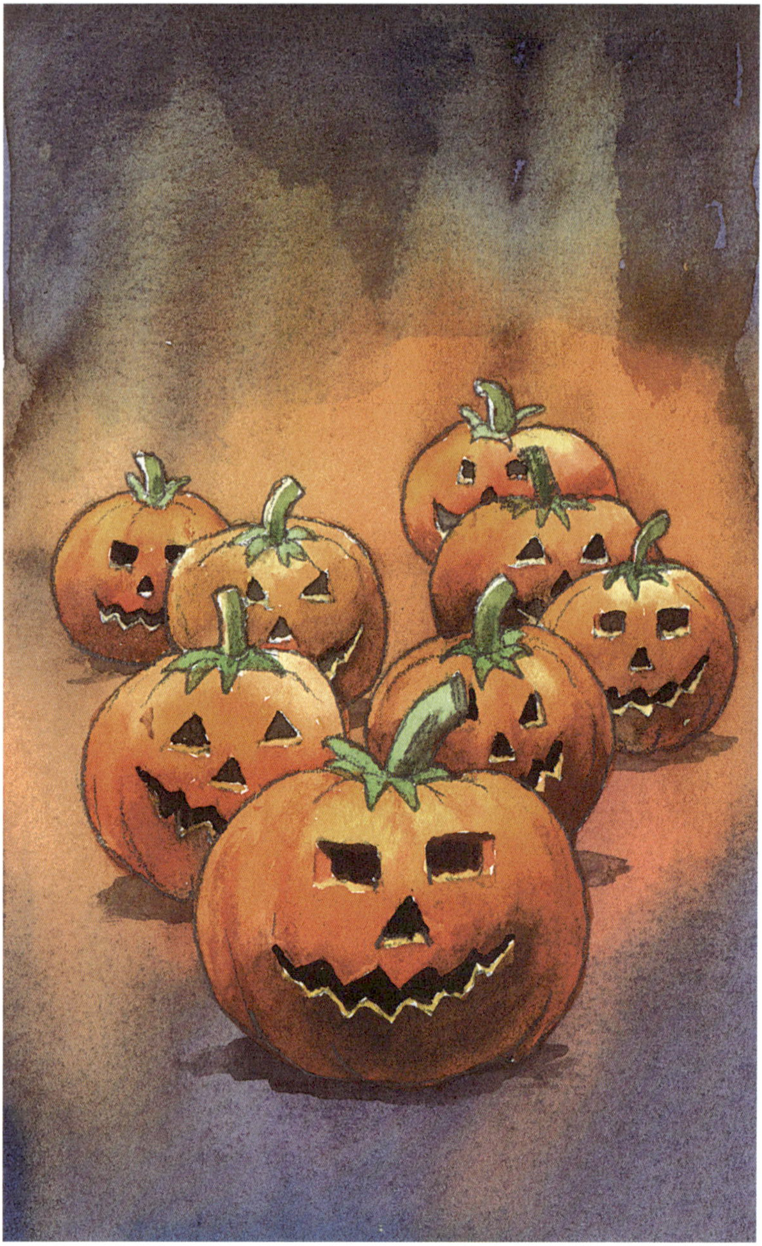

Die Treppe in den Keller hinunter ist bestimmt furchtbar dunkel. Sollst du es wagen? Dein Blick fällt auf eine Reihe von Kürbislaternen. Durch ihre Augen und den Mund fällt Licht – sicher steckt in jedem dieser ausgehöhlten Kürbisse eine Kerze. Plötzlich kommt dir die rettende Idee. Du könntest eine der Kürbislaternen als Lampe benutzen!
Du siehst dich um, um sicherzugehen, dass dich niemand beobachtet. Dann greifst du dir die Kürbislaterne mit dem größten Mund. Sie hat große Augen und spitze Zähne und leuchtet am hellsten. Du nimmst sie in die Hände und gehst auf die Kellertreppe zu. Die Laterne weist dir den Weg und langsam gehst du die Stufen hinunter.

⮕ **Lies weiter auf Seite 10**

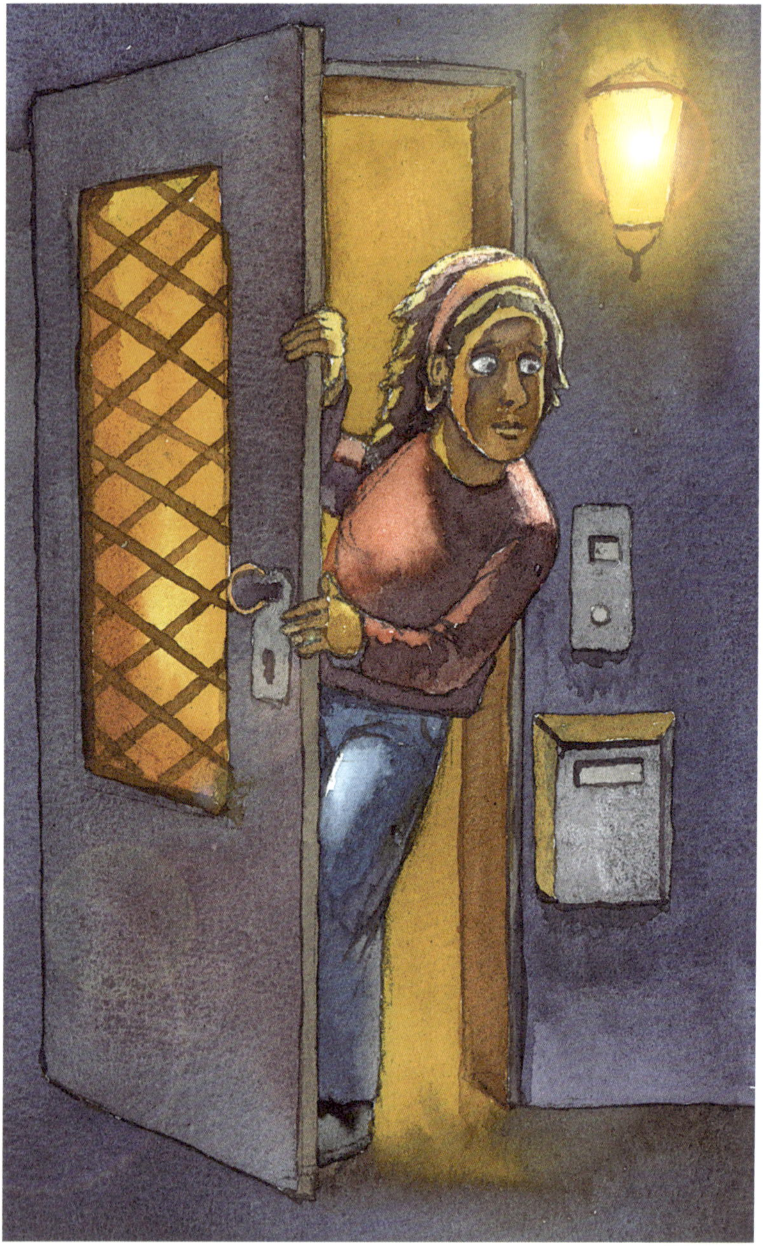

Du willst nur noch nach Hause. Sonst nichts.
Also nimmst du allen Mut zusammen und rufst
so laut du kannst: „Hier entlang!" Du zerrst
an den knochigen Fingern des Skeletts und der
haarigen Hand des Trolls.
„Hier entlang!", schreien die anderen und
folgen dir.
Kurz darauf stehst du vor deinem Haus und
mit dir eine Horde von Trollen, Gespenstern,
Skeletten und Hexen.
Die Gespenster stimmen ein großes Gebrüll an.
Das Verandalicht wird eingeschaltet und deine
Mutter öffnet die Haustür.
„Oh nein, sie fällt bestimmt in Ohnmacht",
flüsterst du voller Angst. „Und das wird allein
meine Schuld sein!"
Du musst sofort etwas unternehmen.
Aber was?

→ **Lies weiter auf Seite 44**

Die andere Hexe war nicht Nana, aber vielleicht versteckt sich deine Schwester ja hinter dieser Maske.

Du rennst der dunklen Gestalt nach. Als du um die Ecke biegst, wird das Licht der Kürbislaterne immer schwächer. Es ist so dunkel, dass du überhaupt nichts mehr erkennen kannst. Aber du kehrst trotzdem nicht um.

Der Gang wird immer enger. Rechts und links von dir spürst du kalte, feuchte Wände. Plötzlich verzweigt sich der Gang. Welche Richtung sollst du nun einschlagen? Aber was ist das? Du hältst den Atem an und horchst. Tatsächlich, aus dem rechten Gang dringt eine merkwürdige, klimpernde Melodie! Verwirrt drehst du dich nach links und blickst den anderen Gang hinunter. Ganz weit hinten scheint es heller zu werden. Ob dort ein Ausgang ist?

➔ **Wenn du den rechten Tunnel nehmen willst, lies weiter auf Seite 42**

➔ **Wenn du den linken Tunnel wählst, lies weiter auf Seite 50**

39

Nana klappt den Deckel der riesigen Truhe auf und steigt hinein. Du springst ihr sofort hinterher. **HUIII!** Plötzlich saust ihr beide eine glatte Rutschbahn hinunter!
Die Rutschbahn führt durch den Fußboden des alten Hauses. Aber wo mag sie enden?
Da kommt dir ein schrecklicher Gedanke.
„Halt an!", schreist du deiner Schwester zu.
„Ich kann nicht!", brüllt Nana zurück.
Und das stimmt auch! Die Rutschbahn ist so glatt, dass ihr euch nirgendwo festhalten könnt.
WUSCH! Ihr schießt von der Rutschbahn herunter … und landet mitten in derselben gruseligen Halloween-Party! Skelette und Geister, Hexen und Kobolde starren euch mit großen Augen an.
„Schöner Abend heute, nicht wahr?", sagst du mit zitternder Stimme.

ENDE

41

Du folgst der Melodie und gehst nach rechts. Doch plötzlich wird der Durchgang von einer Mauer versperrt. Die Musik spielt auf der anderen Seite. Vielleicht hat die Mauer ja eine Geheimtür? Vorsichtig fährst du mit den Fingern über die Wand, doch du kannst nichts finden, was sich nach einem Türknauf oder einem Schloss anfühlt.
Du bist müde und hast es satt, im Dunkeln herumzuirren. Wütend versetzt du der Mauer einen Tritt. Und ehe du dichs versiehst, schwingt sie auf! Du stolperst in einen hell erleuchteten Raum. Oh nein, er ist voller Hexen und Kobolde!
„Der Tunnel muss im Kreis herumgeführt haben", stöhnst du. „Ich bin wieder da, wo ich losgegangen bin!"
Du versuchst wegzurennen, aber ein Troll packt dich und jubelt: „Erwischt!"
Jetzt reicht's dir aber wirklich! So fest du kannst, trittst du dem frechen Troll auf die Zehen.
„He!", schreit der empört auf. „Was soll das? Ich bin's doch, Tommy!"
Und tatsächlich – der Troll ist niemand anderes als dein Freund Tommy Kerner. Endlich bist du auf der richtigen Halloween-Party gelandet!

ENDE

43

„Iiiih!", kreischt die gruselige Horde deine Mutter an. „Buuuh!" Sie schneiden Grimassen und tanzen ausgelassen auf eurem Rasen herum.
Doch deine Mutter fällt nicht in Ohnmacht. Sie beachtet die Gruselgestalten nicht einmal. Sie hat nur Augen für dich.
„Warum bist du nicht auf der Halloween-Party? Nana hat gerade angerufen. Sie sucht dich schon den ganzen Abend", schimpft sie los. „Was fällt dir eigentlich ein, so spät noch allein durch die Straßen zu geistern?" Sie kommt die Stufen herunter bis auf den Rasen und zieht dich von der Geisterbande weg. Ohne den Troll und das Skelett auch nur eines Blickes zu würdigen, sagt sie: „Geh ins Haus, aber sofort!" Sie scheucht dich die Stufen zum Eingang hinauf. Dann schließt sie die Tür hinter dir zu und sperrt dich damit ein – und die Spukgestalten aus!

„Du gehst jetzt sofort ins Bett!", befiehlt sie dir. „Und keine Widerrede. Wir werden morgen Früh über alles sprechen!"

Aber du denkst gar nicht daran, ihr zu widersprechen. Dein Bett hat noch nie so gemütlich ausgesehen!

ENDE

Die Geister schlüpfen durch die Wände des Hauses, als wären sie aus Luft. Alle anderen Partybesucher stürmen schnell zur Tür. Drei Trolle schubsen einen Vampir aus dem Weg und ein Dutzend Skelette klappert hinter ihnen her. Und über ihnen saust eine schwarze Katze auf einem Besen zur Tür hinaus!

„Puh!", seufzt du. „Gerettet!"
Ein bisschen enttäuscht bist du aber dennoch.
Du hast dir schon immer gewünscht, auf einer
Halloween-Party den ersten Preis für das gruse-
ligste Kostüm zu gewinnen. Und in dieser Nacht
hättest du sicher den ersten Preis verdient!

ENDE

Du hoffst inständig, dass die Tür aus dem Keller herausführt. Mit letztem Mut reißt du sie auf und wirfst sie schnell wieder hinter dir zu.
Doch da bemerkst du, dass du nicht allein bist. Vor dir steht ein niedriger Tisch, auf dem eine schimmernde Kristallkugel liegt. Und am Tisch sitzt eine alte Hexe!
„Willst du wissen, was dir die Zukunft bringt?", krächzt sie.

„Äh, n-nein danke", stotterst du.
„Natürlich willst du das", widerspricht sie dir.
„Komm näher."
Die Hexe starrt in die Kristallkugel und neugierig siehst du auch hinein. Die Kugel wird ganz matt, ist aber kurz darauf wieder klar. Was soll das? Das bist du doch selbst in der Kugel! Ohne Kostüm, mit ganz normaler Kleidung, und auch dein Gesicht ist nicht hinter einer Maske versteckt. Aber wer sind die sonderbaren Wesen hinter dir? Sie reden aufgeregt durcheinander und zeigen mit den Fingern auf dich.
Zitternd berührst du deine Maske.
„Ich sage dir voraus", krächzt die alte Hexe, „dass du diesen Halloween-Spuk so schnell nicht wieder vergessen wirst!"
Hinter dir wird die Tür aufgestoßen …

ENDE

Langsam gehst du auf den hellen Fleck am Ende des linken Durchgangs zu. Ein sonderbares Geräusch lässt dich anhalten. Was ist das? Zuerst vor dir, dann überall um dich herum ein Rascheln, Zwitschern und Quietschen!
Du willst wegrennen, doch dabei stolperst du über etwas, was auf dem Boden liegt.
Du streckst die Hand aus, um dich irgendwo abzustützen … und berührst etwas Warmes, Pelziges! Fledermäuse! Sie haben an den Wänden und der Decke geschlafen, doch jetzt hast du sie geweckt.

➜ **Lies weiter auf Seite 59**

51

„Spring!", rufst du deiner Schwester zu.
Du lässt dich von der Schaufel gleiten und
fällst … tiefer … und immer tiefer.
Glück gehabt – du bist in einem Busch gelandet!
Schnell rollst du dich zur Seite, damit Nana
nicht auf dich fällt.
Aber Nana ist nirgendwo zu sehen. Wo steckt
sie nun schon wieder?
Du siehst zum mondhellen Himmel hinauf.
Dort saust Nana auf ihrer Schaufel davon,
wie eine richtige Hexe.
Moment mal. Bist du etwa gar nicht mit Nana
geflogen?

ENDE

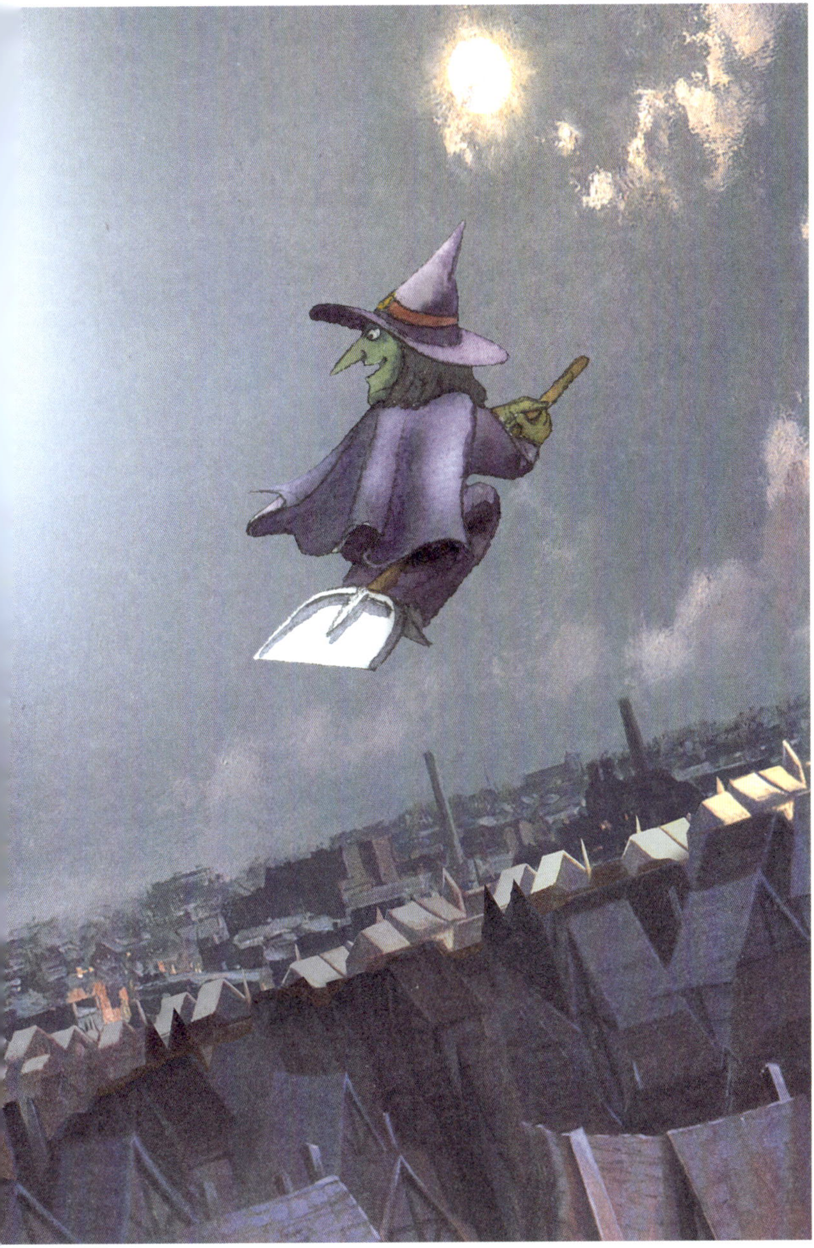

"Knurr!" Da kommt er schon!
Max stürzt sich auf einen der Trolle.
Mit einem Ruck reißt er ihm den
Umhang herunter!

⮕ **Lies weiter auf Seite 60**

Du versteckst dich hinter dem Auto eurer Nachbarn.
Max schläft normalerweise in seiner Hundehütte im Garten. Sicher wacht er gleich auf!

→ **Lies weiter auf Seite 60**

„Lass uns versuchen, irgendwie zu landen!",
schreist du.
„Wie denn?", ruft Nana.
„Abwärts!", befiehlst du der Schaufel, aber sie gehorcht nicht.
„Vielleicht fliegt sie nach unten, wenn wir uns nach vorn lehnen", sagt Nana. Leider funktioniert auch das nicht.
Dann fällt dir wieder ein, dass die Hexen vor ihrem Abflug einen Zauberspruch benutzt haben.
„Was haben die Hexen gesagt?", fragst du Nana. „Der Zauberspruch hat die Schaufel losfliegen lassen – vielleicht hält sie an, wenn wir den Spruch von hinten aufsagen!"
„Griml", sagt deine Schwester.
„Friml", sagst du.
„Himl!", schreit ihr beide.
Ob es klappt? Zunächst passiert gar nichts. Doch plötzlich müsst ihr euch festhalten, weil die Schaufel immer höher fliegt.
Sie steuert genau auf den Mond zu!

Ihr entfernt euch immer weiter von der Erde. Ob die Menschen da unten euch beide auf der Schaufel für ein außerirdisches Raumschiff halten?
Als Alien hast du dafür auf jeden Fall das richtige Kostüm gewählt …

ENDE

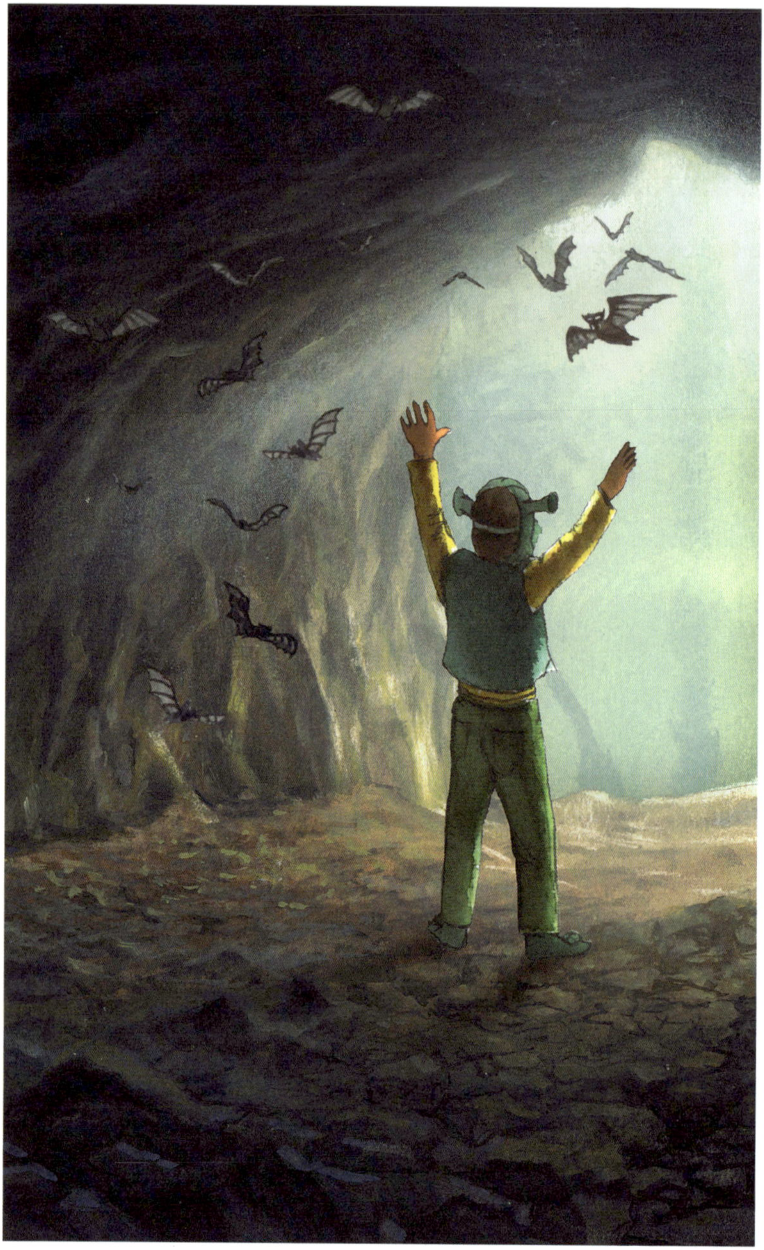

Die Fledermäuse flattern um dich herum. Ihr Quietschen hallt in dem dunklen Gang wider und ab und zu streift dich sogar ein Tier.
„Igitt!"
Doch dann fällt dir plötzlich ein, dass Fledermäuse nachts ihre Höhlen verlassen, um draußen auf Nahrungssuche zu gehen. Das bedeutet, dass dieser Gang irgendwo ins Freie führen muss!
Du schützt deinen Kopf mit den Armen und gehst eilig auf den hellen Fleck am Ende des Durchgangs zu.
Geschafft! Erleichtert trittst du hinaus ins Mondlicht. Auf dem Hügel vor dir steht eine Hexe.
„Nana?", rufst du und rennst auf sie zu. Doch die Hexe hört nicht auf dich und beginnt wild mit den Armen zu flattern. Und auf einmal erhebt sie sich in die Luft wie eine riesige Krähe! Die Fledermäuse fliegen so dicht hinter ihr, dass es aussieht, als würde die Hexe einen langen schwarzen Umhang tragen.
Du siehst zu, wie sie davonfliegt. Was für eine Nacht! Endlich bist du den Klauen der Geistergesellschaft entkommen und kannst nach Hause gehen.

ENDE

Die Spukgesellschaft rennt panisch auf dem Rasen umher. Keiner von ihnen hat noch den Mut „Miau" zu rufen. Doch Max hat ihr Geschrei noch längst nicht vergessen. Er sucht immer noch nach der Katze und rennt dabei ein paar Kobolde um.
Dann verfolgt er eine Hexe und verbeißt sich in ihrem langen Rock. Und die Skelette? Die sollten sich auch besser aus dem Staub machen, denn Max hat noch eine weitere Vorliebe: Knochen verbuddeln!

ENDE